桐野夏生

好心的大人

王華懋／譯

目次

第一章 Soup Kitchen

1

普樂多公園有Soup Kitchen。伊昂是昨天傍晚聽到這個消息的，Soup Kitchen就是慈善廚房。裝模作樣摺英文，是因為「普樂多」是老美的公司啦！這麼告訴伊昂的傢伙叫什麼他已經忘了，倒是記得他說既然是普樂多的慈善廚房，應該是質好量多，肯定會來一堆流浪漢。

伊昂決定天還沒亮就去普樂多公園前面等。如果幸運排到兩次，隔天早上就可以不用擔心。可是看來每個人打的算盤都一樣，天還沒亮，公園周圍就擠滿了來自市中心的男男女女。

普樂多公園位在明治大道與山手線之間，寬度僅三十公尺，長二百五十公尺，呈極端的長條狀。這也是當然的，因為是遊步道公園，地底下有一座停車場。

現在反射著銀光的鐵絲網圍繞著普樂多公園，夜間完全封鎖。它以前是澀谷區立公園，但兩年前被一家叫「普樂多」的世界知名運動大廠收購，冠上企業名，設了室內足球場和滑板場，從此成為私人收費公園。

還是區立公園的時候，草木扶疏，有沙地可遊玩，入口牆面有巨幅塗鴉，鮮明奪目。雖然雜亂，卻有人情味，許多遊民與街童在此搭建紙板屋居住，細長的公園正中央就像鬧區的徒步區般總是聚滿人群。

許多人很氣憤，說公園私人企業化、收費化，其實是意圖驅離遊民的陰謀。自小就只靠自己一個人智慧求生的伊昂，已經練就出生氣之前先行動的習性，即使聽到這樣的批評，也不以為意。

伊昂急忙排到隊伍最後面，才一眨眼工夫，身後已經接著排上許多人。如果餐點準備兩百人份，自己會是第幾個？伊昂開始計算自己前面有幾個背影。一百人以上，後方也有一百人以上，那麼大概只能弄到一餐。儘管失望，但他轉念心想今早吃過的話，應該可以撐到傍晚，便又放下心來。生活在街頭，意味著每天都得為獲取食物而奔走。

伊昂環顧四周。來了許多認識的遊民。最前面好像是露宿街頭有五十年資歷的山田爺。山田爺算算也有八十歲了，他三番兩次婉拒義工勸他住進收容所，寧願在街頭奮戰。不過看來十二月的寒風還是太折騰了，只見他不停地交互蹬腳。

山田爺稍後是媽咪們，單親母親及離婚女遊民的集團。女人單獨行動很危險，所以她們總是結伴行動。幾乎每個人都帶著孩子，其中有人抱著脖子還沒長硬的嬰兒，也有人左右手各牽著一個。母親和孩子身上都裹著厚重的衣物，因此行動緩慢。

和伊昂年紀差不多的阿昌和鈴木也排在後面。理了顆大平頭的鈴木看到伊昂，隨即一臉不爽地撇過頭去。伊昂裝作沒看見，不理他。之前阿昌跟鈴木提議說少年遊民人數不多，最好像媽咪們那樣成群結隊，相互扶持，但伊昂當場拒絕，他們為此記恨。不過，伊昂只是不喜歡他們兩個動不動就哭哭啼啼罷了。

「這不是伊昂嗎！」

有人戳伊昂的背，他回頭一看，是以前在代代木公園村住一起的金城。

金城自從偷錢跟人起爭執，被打斷門牙以後，就消聲匿跡，不曉得躲到哪去做些什麼。金城頂多也才三十歲出頭，年輕得很，卻總是駝背，白髮很顯眼。

伊昂默默行禮。以前金城頗照顧他，讓他過了一段輕鬆日子，但是和壞了同伴名聲的金城混在一起也沒什麼好處，所以伊昂離開了。事實上，金城一現身，隊伍各處就傳出怒吼。

「金城，你還有膽露臉！」

「滾邊去啦！」

金城充耳不聞，拜託伊昂。「讓我排你旁邊吧。」

「不要。」伊昂拒絕。

「拜託啦，我已經兩天沒吃東西了。」

金城可憐兮兮地懇求。伊昂把毛線帽拉得更低，撇過臉去。

「大家都一樣。」

「什麼大家都一樣？看你，吃得白白胖胖的。」

金城用缺了門牙的嘴巴邊漏風邊說，同時用力戳伊昂的肩膀。如果在排隊領飯的隊伍中讓別人插隊，讓位的人就得離開，這是不成文的規矩，所以伊昂不能讓金城進來。

伊昂踏緊雙腳，拚命按捺想要踹金城的小腿或用手肘撞他肚子的衝動。幸好伊昂這陣子愈長愈高，體型變得跟金城差不多了。

「伊昂，怎麼了？」

應該是躲在一邊觀望情況吧，最上走了過來。最上是NGO成員，他給伊昂的名片上印著「街童扶助會」。

最上幾年前就對伊昂很感興趣，一直追著他跑，經常在澀谷街頭遇到他。每次相遇，最上都會提供伊昂一些幫助。有時候會給他現金，雖然金額很小，冬天則是送他溫暖的衣物和熱湯，不時也會請伊昂到速食店吃漢堡或薯條。對伊昂來說，最上是唯一一個「好心的大人」。

「出了什麼事嗎？」

最上問兩人。最上體型瘦削挺拔，戴眼鏡，眉頭深鎖，眉心刻著深深的直紋。他冬天總是同樣的打扮：黑色羽絨衣配黑色毛線帽，肩上搭著黑色尼龍背包。

「不，沒事。」

伊昂聳聳肩說。金城用舌尖舔著缺牙處的牙齦，目光盯住伊昂。

「我說，你的份我幫你想辦法，不要欺負小孩好嗎？」

最上警告金城。小孩，這詞讓伊昂覺得怪怪的，不吭聲了。他十月就已經十五歲，這樣還算小孩嗎？

「伊昂哪是小孩？哪來的小孩這麼精明刁鑽？」

金城咒罵。不過他似乎知道情勢不利，意外老實地往後走去了。隊伍前後的遊民雖然佯裝漠不關心，卻也頻頻偷瞄著金城的背影。

「謝謝。」

伊昂向最上道謝。如果得到別人幫助，一定要道謝，如此一來人際關係就會變得圓滑，辦起事來也更容易。這麼教他的也是最上。

最上高興地瞇起眼睛說：

「你也學會道謝了。」

「權宜罷了。」

「權宜？你從哪學來這麼深奧的詞？」

「從你給我的漫畫裡面學的。」

最上笑了。他一笑，眼角就跟著下垂，變得一臉和善。不笑的時候，總是一副一肩扛起全世界煩惱般的凝重表情。

「你為什麼老是一臉不開心？」

伊昂問。最上回答，看到像伊昂這樣的孩子獨力求生，還有讓孩子一個人掙扎求活的社會，這些折磨著他的心。伊昂聳了聳肩說：世上就是有這麼怪的大人。

最上強烈要求伊昂進收容所並且上學，已經是五年前的事了。

「在這個國家，你們這些孩子必須接受義務教育。這是法律規定的，所以你必須進入兒童保護中心，去上學才行。上學是你的權利，讓你上學也是兒保中心的義務。可是你一定就是從那些兒保中心逃出來的，對嗎？」

伊昂沒有說話。最上一臉遺憾地說：

「不曉得從什麼時候開始，從兒保中心逃走的孩子一年比一年多，已經沒有人能掌握正確數字了。除非你老實講，否則沒有人知道你是從哪家兒保中心跑出來的。所以我們才會從事這個工作。我說伊昂，你可以相信我嗎？我想要幫你。福利保障制度已經崩潰，就算強制把你送回兒保中心，也只會重蹈覆轍吧，你一定又會逃走，可以請你不要離開澀谷，讓我保護你，直到你長大成人嗎？」

「好吧，我就留在澀谷好了。」

伊昂不甚情願地答應最上的提議，卻怎麼樣都不明白為什麼最上想把他送進兒保中心，硬要他接受學校教育？伊昂不是靠著自己的力量自由自在地生活嗎？這樣哪裡不好了？伊昂心裡刮著一股強風，這道風比什麼都痛恨束縛。

最上是個認真而富使命感的ＮＧＯ成員。不知道為什麼，他就是掛念著伊昂，老是找出伊昂人在哪裡，跑來探看情況。伊昂壓根兒不想談自己的事，坦白說，最上的好奇讓他覺得厭煩。

可是最上多次將他救出困境也是事實。特別是前年冬天伊昂得了流感，如果沒有最上幫忙，他或許已經死了。

日本現在每年都有新型流感肆虐。尤其是前年爆發的新型流感，那年格外酷寒，疫苗製造速度又趕不及，奪走多條人命。也有許多遊民在惡劣的條件下罹患流感而喪命。真的淒慘透頂。

最上不但讓高燒痛苦的伊昂睡在自己的住處，還不畏感染地照顧他。這都是因為伊昂害怕被送進兒保中心，不肯住院。

最上住的公寓位在中野，是只有六張榻榻米大的房間，廁所共用，也沒有浴室。最上過著這麼清貧的生活，卻讓伊昂占據床鋪一星期以上，自己則在寒冬之中躺在坐墊上就寢。

「你為什麼要對我那麼好？」

伊昂復原後這麼問，最上自個兒也有些納悶地說：

「大概是因為我喜歡你吧。」

「什麼叫喜歡？」

伊昂的問題，讓最上露出驚訝萬分的表情。

「喜歡就是在意一個人，還想再見到他，跟他說說話，心裡總想著他。你沒有這樣的經驗嗎？」

「沒有。」伊昂冷淡地回答，最上似乎很失望。不過伊昂不喜歡討好別人，所以他從不撒謊。

「伊昂，你沒有喜歡過任何人嗎？」

「一次也沒有。」

最上的眼神亮了起來，就像有了什麼發現似的。究竟是為什麼呢？伊昂想了一下，但馬上又覺得無所謂。

對伊昂來說，找到便利商店扔掉過期便當的祕密地點、自動販賣機退幣孔忘記取走的錢幣更重要，這些才讓他有活著的真實感。

「你的爸媽呢？你有爸媽吧？」

這是最上第一次問起家人的事。最上總是小心翼翼地對待伊昂，很少審問似地提問。

「不知道。我從一開始就沒有爸媽。」

伊昂答道，眉毛動也不動一下。

「你不可能沒有爸媽啊，在生物學上是不可能的。只是你不曉得而已吧？」

最上微笑說。

「可是就是沒有啊。」

「那你那個帥氣的名字是誰幫你取的？伊昂這名字很棒呢。」

「不曉得，隨便取的吧。其他人的名字也是隨便取的。」

「其他人？你有兄弟姊妹嗎？」

最上瞪大了眼睛，還想再進一步追問的模樣，伊昂連忙改變話題。

「別說我了，你爸媽又是什麼樣的人？」

伊昂用因高燒而深陷的眼睛看最上，最上從書架底下取出一本相簿。

「給你看照片。」

伊昂翻閱相簿，看著體型和臉型與最上一模一樣的最上父親、眼睛和嘴巴與最上如出一轍的最上母親，還有氣質相似得可說是女版最上的妹妹。

「好像。」伊昂內心發毛地說。最上聞言嚇了一跳，可是沒有表現出感情，只是凝視著伊昂的側臉。

隔天最上出門後，伊昂溜下最上的床鋪，踩著搖搖晃晃的腳步，穿起變得鬆垮的丹寧褲，換上原本汗濕的T恤。衣物最上都洗過了，所以很乾淨。

伊昂穿好衣服後，從最上的書架挖出相簿翻看。上面有很多小時候的最上。穿著棒球制服拿著球棒的最上、在泳池擺出勝利手勢的最上、穿學生服的最上、班級合照裡的最上。最上的過去、最上的回憶、最上的人際關係，伊昂把相簿塞進背包。

離開最上的房間後，伊昂盡可能地走向最遠的垃圾場，丟掉最上的相簿。他不知道自己為什麼要這麼做。大概是覺得生物學上「一群」相似的人讓他感到不舒服吧。也就是最上的家人讓他恐懼，名為「最上的過往時光」也令他恐怖。

只有一個人，無父無母，所以是孤獨的ＤＮＡ。過去他也遺忘了，所以是一片空白。如果沒有人際關係這個錨，人就只能浮游。

幾天以後，伊昂正要跑過危險的中心街時，看到最上站在那裡，一臉冷冰冰。

「伊昂，你拿走了我的相簿對吧？」

啊，嗯，好像吧。伊昂曖昧地歪頭裝傻。

「請你還給我。那對我很重要。」

「不好意思，我丟掉了。」

伊昂哈哈大笑，就這麼跑走。他以為最上會氣呼呼地追上來，便衝進小巷裡。澀谷的小巷他瞭若指掌，應該甩得掉最上。然而最上沒有追來。

伊昂心想這下子最上應該會氣到跟他斷絕關係，爽快極了。就在認為最上跟他再也不會有瓜葛的瞬間，伊昂察覺到最上對他興致勃勃的事一直令他渾身不舒服。自己一定是個冷酷的人，對孤獨一點都不以為苦。澀谷裡多得數不清的街童不也都討厭伊昂，說伊昂是個自私、冷酷、任性的傢伙嗎？

可是一個月後，最上彷彿什麼事都沒發生過，再次出現在伊昂面前。

「你最近好嗎？」

最上問道，伊昂決定不鳥他。

「沒啦。」

「沒啦？這未免太冷淡了吧。你不問我過得好不好嗎？」

「什麼意思？」

伊昂抬頭，最上告訴他：

「對話必須彼此付出同等的關心才能成立。輪到你問我了。」

這傢伙怎麼這麼煩？伊昂感到不耐煩，沒有理他。結果最上自個兒說了起來：

「嗳，好吧，我知道你就是這樣的人，我不會放在心上的。對了，我被任命為澀谷區專員了，今後每天都可以來澀谷。之前我還要負責新宿，所以沒什麼時間。伊昂，我一陣子沒來了，有新面孔增加嗎？」

「不曉得，別的傢伙跟我無關，我才不會去注意。」

伊昂裝傻，抬頭看天空。從雜亂的大樓空隙間望去，形狀變換不斷的冬季天空異於往常，蔚藍而透明。

據說都市的烏鴉把高樓大廈當成森林，而他們這些住在街頭的孩子也是，是在名為都會的森林中徬徨的韓賽爾和葛麗特，雖然根本沒有糖果屋存在。

「你還是老樣子。」最上苦笑。「對了，我帶漫畫來給你了。」

看到最上從背包裡取出幾本二手漫畫，伊昂決定原諒最上。

「那我就收下好了。」

「喂，我不是教過你嗎？這種時候要說『謝謝』，這樣人際關係才會圓滑。」

「人際關係關我什麼事？」

「不可以這樣。」最上的眼神很嚴肅。「人際關係是求生的武器。你要學起來。」

「我才不需要咧。」

伊昂粗魯地否定，可是他很想要漫畫，不禁咬住嘴唇。街頭沒有電視，他也沒看過電影。伊昂唯一的娛樂就只有漫畫。伊昂靠漫畫學習文字、字彙、了解情感。雖然只是哪種時候人會生氣、哪種時候人會高興的程度而已。

「你不要漫畫了嗎？」

最上帶著調侃的眼神看伊昂。伊昂伸出骯髒的手想要搶書，卻被最上長長的手給擋了回去。

「給我漫畫！」

「不能這樣說。你必須先跟我道歉，聽好了，你擅自丟掉我珍惜的相簿，反正過去的事就算了，沒辦法，可是你得向我道歉才行。我的要求不過分吧？然後我原諒你，這樣我們就像以前一樣了。這個儀式還沒有完成。」

「還儀式咧，你很煩耶。」

伊昂惱火起來。最上最讓他討厭的，就是這種動不動就想教訓伊昂的態度。真是多管閒事。

「伊昂，你想要漫畫就向我道歉。你不道歉，我是不會給你漫畫的。」

平常的話，最上不會這麼死纏爛打，這天他卻堅決不退讓。伊昂覺得他是在記恨相簿的事。

「好吧。對不起啦。」

「那句『好吧』太多餘了。」

「對不起啦。」

「沒有誠意。」

「對不起。」

最上滿意地點點頭，然後把漫畫拿給伊昂說：

「謝謝、對不起。這兩句話對謀生會有莫大的助益。」

「在現在這種世道？」

伊昂嘲笑說，抱住漫畫拔腿就跑。最上垂下目光，彷彿在說「是啊」，看了大快人心。

就像最上說的，從那天開始，伊昂就經常在澀谷看到最上的身影。伊昂扔了最上的相簿，讓他蒙受損失，所以才會緊盯著伊昂也說不定。伊昂百思不解自己什麼地方吸引最上，卻也懶得深究。

排隊排了三小時。天色完全亮起，明治大道上的車流量增加，低所得勞工趕往車站的時間到了。遊民看到有工作的人，全都難受地垂下頭去，就像在為自己的目的只有獲得食物而羞恥一般。

不久後，兩輛白色箱形車在圍繞普樂多公園的遊民隊伍前停下了。

十幾名年輕男女走下車子。他們都穿著印有「普樂多」時髦商標的黑色夾克，看也不看遊民一眼，打開公園大門的鎖，然後從車上搬下桌子和大鍋子、放食物的托盤等等。就要開始發放食物了，伊昂的嘴裡積滿口水。

昨晚他闖進便利商店的垃圾場，但像樣的東西幾乎已經被拿光，他只撿到一袋破掉的洋芋片而已。好想喝熱湯，想吃滿肚子的肉、油脂和米飯。伊昂的胃緊揪成一團發疼。他活到這個年紀，不必付出任何代價就有飯吃，就只有待在他最痛恨的兒保中心的時候，而且那還是寒酸至極的餐點。不過就算飯再好吃，伊昂也絕對不願意再回去。

隊伍慢吞吞地動了起來。伊昂發現最上不知不覺間不見了，回頭張望。最上站在阿昌旁邊，笑著跟他說話。阿昌能跟最上說話，一定高興得不得了吧。他用一種看大哥般的尊敬眼神看最上。阿昌很怕寂寞，一下子就會讓「好心的大人」拐去，傻子一個。

阿昌今年十四歲，跟他弟弟一樣是街童，但兒保中心帶走了弟弟，兩人被拆散讓他傷心欲絕。阿昌的父母聽說因為公司倒閉背了一大筆債，留下兩個孩子自殺了。所以阿昌的臉上刻畫著永遠不會消失的悲嘆。

阿昌注意到伊昂的目光，高興地對他揮手。這傢伙到底是天真到什麼地步啊？我討厭那種傢伙，伊昂心想，撇過頭去。有家人，就會胡思亂想，沒半點好事。

飢餓的男人隊伍慢慢地走上石階，被吸入鐵絲網圍繞的公園裡。伊昂第一次進入普樂多公園，覺得很新奇，到處東張西望。用黑底白字寫著Prodopark的帥氣招牌、水泥製的斜坡是滑板廣場，還有網球場跟兩座室內足球場。

「請慢用。」

總算輪到自己了。長髮年輕女人機械性地說，把白色紙袋遞給伊昂，她完全不肯正視遊民的眼睛。

伊昂立刻檢查袋子。漢堡的圓形紙包、一條香蕉、兩片餅乾，還有疑似裝湯的白色塑膠容器及湯匙。

「請出去公園外面吃。」

想要坐在長椅的中年男子被工作人員提醒，站了起來。難得進公園，可是連停留都不被允許。拿著紙袋的男人們被帶到其他出口，充塞在狹窄的明治大道人行道上。每個人都站著就打開紙袋開始吃。

伊昂也取出裝湯的容器湊近嘴邊。是南瓜湯還是玉米濃湯嗎？黃色的湯已經不熱了，漢堡肉也是冷的。量很少，看這樣子應該撐不到中午。

花了三小時排隊，只有拿到這些讓伊昂大失所望。事前聽到的消息跟現實落差太大了。伊昂把香蕉裝進褪色的背包，打算留著晚點再吃，此時最上折了回來。

「伊昂，好吃嗎？」

伊昂瞪著把道具收進箱形車的男女搖頭。

「不怎麼樣。」

「量呢？」

「不夠。」

「我想也是。普樂多從遊民手中搶走公園，他們只是做做樣子，假裝援助遊民罷了。」

最上難得批評，伊昂驚訝地看他。

「你居然會說這種話，真稀奇。」

伊昂挖苦他。

「會嗎？」

最上歪起長長的脖子說。

「出了什麼事嗎？」

「不，也沒啊。」

「也沒啊？之前你還生氣，叫我不可以用那種口氣說話。」

最上是在模仿自己的口頭禪嗎？伊昂抱怨，最上露出苦笑。然後他像要甩開伊昂充滿好奇的視線似地反問說：

「倒是你現在都睡在哪裡？你已經不去代代木公園村了嗎？」

「你管我睡哪。」

伊昂把紙袋扔進普樂多準備的白色垃圾袋裡。

受雇於普樂多的年輕人似乎被交代垃圾要立刻收拾乾淨帶回去，他們充滿耐心地等待遊民吃完。遊民裡面也有些人向他們抱怨馬上就被趕出公園的事，還有餐點都冷掉了。

然而年輕人只是視線低垂，耐性十足地隱忍不語。無論是什麼工作，有工作就該慶幸了。這樣的狀況持續太久了，一旦失去飯碗，很可能連家庭都毀了，接著淪落為一無所有，就像待在這裡等待食物發放的遊民一樣。

「伊昂，告訴我你睡哪又有什麼關係？」

最上逼問伊昂。

「我幹嘛要告訴你？」

「我想要掌握我的觀護對象啊。」

「我是觀護對象唷？隨便你。」

想要幫助街童的念頭，不是出於最上的自尊心或價值觀這類私人感情嗎？被任意挑選為觀護對象、追蹤、觀察，真會給人找麻煩，伊昂心想。而且不管再怎麼趕，從最上的個性來看，他一定還會跑來確定伊昂的情況。

2

伊昂往明治大道的西邊走去，不出所料，最上果然從後面跟上來。伊昂不理最上，快步彎進道玄坂。肚子一飽，人就會想睡覺。冬天因為寒冷，睡眠很淺，更是容易睏倦，伊昂強忍睡意，爬上通往百軒店的陡坡。

幾年前，澀谷的百軒店地區因為再開發案，許多小店被迫拆除或關門。不過後來進行開發案的不動產公司倒閉，工程中斷，變成棄置狀態。遊民和沒有簽證的外國人任意定居在裡面，形成一座鬼城，漸漸變成無人踏入的地區。

千代田稻荷神社前有許多小攤販，充滿了異國混雜的詭譎。速食麵、洗潔劑、牙刷、牙籤等瑣碎的生活用品、不曉得從哪裡批來的蔬菜和醬菜、廉價衣物堆積如山地販賣著。

伊昂穿過攤販，走進神社後面的小巷。建築物有一半已經毀壞，住商混合大樓的樓梯還鋪著藍色塑膠布，伊昂跑上樓梯。

三樓有個黑色的門，房間沒有任何招牌，但一堆貼紙撕下的痕跡，顯得骯髒。最上一直跟到一半，但可能是客氣，沒有跟到這裡來。

伊昂敲了敲房門。

「門沒鎖。」

女人冷淡的聲音傳出。伊昂開門進房，裡頭似乎曾經是辦公室，只有約三坪大，擺滿了綠色的投幣式置物櫃。

為了避免置物櫃被偷，捆上好幾道堅固的鐵鍊，繫在打進牆裡的楔子上。陰暗的房間裡還設有可以放進行李箱的大型置物櫃。

這裡是以遊民為對象的二十四小時投幣式置物櫃店。街頭生活最讓人困擾的就是沒有地方可以寄放貴重物品。如果帶在身上，很容易失竊或遭遇強盜。港區的遊民裡好像也有人有銀行存款，或是租銀行保險箱，不過，生活在澀谷街頭的男女都把現金和重要物品寄放在百軒店的投幣式寄物櫃店。

「太慢了，你遲到二十分鐘。」坐在店內桌前的老女人埋怨。「我可以去找其他孩子，隨便都能找到人代替你。」

老女人上身駝背，但穿著一件時髦的藍色洋裝。稀疏的頭髮染成橘色，塗大口紅，她的手中拿著一根細細的金屬棒，啾啾轉動著棒上的滾輪摩擦臉頰。

「對不起，我去排食物發放。」

伊昂活用最上平日的訓練，乖巧地道歉，他今天上午得到寄物櫃店幫忙看店。

如果無人看管，就會有人破壞置物櫃的鎖偷東西，或賴在店裡不走，甚至用店裡的插座為手機或遊戲機充電，到處是伺機而動的不法之徒。看店只需要一直坐在屋裡，雖然酬勞只有少少幾百圓，但在寒冷的冬天卻是每個人都搶著要的好差事。

「二十分鐘是一小時的三分之一呢。不過你沒去過學校，也不懂算數吧。」

老女人嘲諷地說，懶洋洋地站起來。

「我懂算數。」伊昂噘起嘴唇說。

「那你的時薪也要扣掉三分之一。這是理所當然的吧？」

老女人繼續用滾輪摩擦臉頰說。伊昂指著金屬棒問：

「那是什麼？」

老女人默默地用金屬棒滾過伊昂的臉頰。金屬的冰冷觸感讓伊昂起了一陣雞皮疙瘩。

「裡面有鍺粒子。」

「那是做什麼的？」

老女人笑也不笑地說：

「皮膚會變得光滑。轉一下三十圓，也從你的薪水裡面扣。」

老女人把鍺棒裝進金色的袋子，小心地收進黑皮包裡。老太婆個頭嬌小，看似手無縛雞之力，但傳聞她隨身攜帶手槍以防強盜，街坊都叫她「手槍婆」。

老女人離開後，伊昂從背包取出小鑰匙和硬幣，打開自己租的置物櫃。伊昂來置物櫃取放東西時，看店的老女人詢問他：「我常看到你，要不要在這兒打工？」

伊昂的置物櫃裡收著漫畫和兩只銀行信封。一個信封裝現金，今天的工資也算進去的話，他的總財產就有將近四千圓了。他把靠這類差事賺來的錢，還有最上給他的錢存起來。另一個信封裝著舊報紙剪報，大標題寫著〈強制搜查〉。伊昂以前好幾次想讀，但有很多他看不懂的漢字，讀不懂內容。現在或許看得懂了，他拿起報紙時，敲門的聲音響起。伊昂急忙把信封收回置物櫃並上鎖。

開門的是最上。他取下黑色毛線帽，戰戰兢兢地窺看店裡。

「這裡就是傳說中的置物櫃店嗎？」

「出去啦，我要看店。」

「了解。我把話說完就離開。」

最上順從地舉手。他可能是看到伊昂有工作，感到放心吧。然後他添了這麼一句：

「我想把阿昌叫去我住的地方，你沒問題吧？」

「我會有什麼問題？跟我又沒關係。」

最上歉疚地蹙起眉頭說：

「阿昌因為父母過世，心理快出問題了。我希望他到兒保中心接受安置，可是他怕在那裡會被欺負。」

最上所屬的「街童扶助會」並非公家機關，無法強制把兒童送進兒保中心。

最上實在是多管閒事。伊昂想是這麼想，但沒有說話。他知道阿昌心靈很脆弱，他半夜經常哭泣，如果不依靠別人，根本活不下去。

「伊昂跟阿昌只差一歲吧？你不覺得他很可憐嗎？」

伊昂開始咬指甲。他沒有指甲刀，已經養成了咬指甲的習慣。

伊昂一直沒有回話，最上代替他回答：

「也不會。是嗎？」

「是啊。我沒什麼感覺。而且只要進了兒保中心，心理問題就會解決了嗎？」

這個問題一針見血。最上深深嘆息，沉默了半晌。

「不，其實我有點擔心。雖然也跟輔導員有關，但孩子沒有選擇權。阿昌很渴望愛，只要有人能夠理解阿昌、去愛阿昌，即使缺乏輔導技巧，阿昌的情況應該就可以好轉。我要他進去兒保中心，是因為如果不先從改善生活做起，他受到的傷害會愈來愈大。他認定父母拋棄他們兄弟，選擇死亡，心理嚴重受創。」

伊昂聳聳肩：

「難道不是嗎？」

「不，就算是事實，也有微妙的不同。事情並沒有那麼單純。」

最上狀似憤慨地搖搖頭。這種時候的最上會突然變得冥頑不靈，非常麻煩。

「我不懂什麼微妙啦。幹嘛突然說那麼複雜的事？我又不是阿昌。」

伊昂生起氣來，最上一本正經地說：

「站在阿昌父母的立場來看，他們並不是拋棄孩子，而是認為他們自殺，可以拯救孩子。我想讓阿昌知道他誤會了。」

伊昂笑了：

「你是認真的？你試試看啊。大人在想什麼，跟小孩才沒關係。小孩絕對不會懂，就算懂了，也沒有意義。」

最上眼鏡底下的眼睛又亮了起來，似乎產生興趣，所以伊昂不再說下去。就算最上是「好心的大人」，伊昂也有不想讓他涉入的領域。

「最上，不要再講阿昌的事了啦。我想睡覺了。」

好不容易進來溫暖的房間，要是最上一直囉嗦，會讓他沒辦法睡覺。伊昂誇張地打了個大哈欠如此暗示。

「不好意思吵到你。總之我會讓阿昌先待在我家，再送他去兒保中心，你不要介意唷。」

最上道歉說。

「你以為我會介意？」

「有點。」最上笑了。

「為什麼？」

「世上有一種感情叫嫉妒，不過我想你應該不曉得吧。」

「我知道嫉妒，可是我沒有那種感情。」

「是啊，你對別人沒興趣嘛。」

「興趣？」

伊昂對於被最上任意評斷感到不悅。他在兒保中心就已經讓這類的大人弄得煩透了。最上也是，假裝好心，其實也是在刺探伊昂究竟是什麼來歷。伊昂加深警戒，他才不要讓別人觀察連自己都不了解的自我、被任意分析。

「那你又是怎樣？」

「我之前不是說過了嗎？我喜歡伊昂，也喜歡我的父母。我喜歡我妹妹，也喜歡朋友。我有許多喜歡的人，也對他們感興趣。這就叫作『依戀』。」

這傢伙終於說實話了。伊昂心想，最上等同是在炫耀，即使伊昂扔掉他的相簿，但因為他內心有這種叫「依戀」的玩意兒，建立起來的人際關係是牢不可破的。而我沒有這樣的人際關係，所以活該被你瞧不起是嗎？伊昂再次感到一股說不出的怪異感。

「那你能去愛阿昌嗎？連他的爸媽都不要他了，不是他爸媽的你能愛他嗎？」

「這是個好問題。如果辦得到，我是想要愛他，但憑我或許無法勝任吧。」

最上帶著嘆息說。

「真教人敬佩。」伊昂不爽地撇過頭去。「我要睡了，你快點走啦。」

最上會特別照顧阿昌，是他判斷阿昌沒辦法一個人在街頭生活吧。的確，阿昌最近經常失魂落魄地蹲在澀谷的街道上，衣服髒兮兮，臉上也滿是污垢，難得聽他開口說話。可是阿昌只要一碰到最上，就露出哀求的眼神，教人作嘔。可以猜出他是在向最上求助，但伊昂對阿昌不感興趣。

去年秋天，阿昌和小他八歲的弟弟出現在澀谷街頭。年紀才國中生左右的少年帶著一個幼兒流浪，在遊民之間也變成話題。

媽咪們第一代的領袖亞美香立刻伸出援手，把兩人帶到代代木公園村的紙箱屋安頓。在亞美香詢問下，阿昌說出爸媽突然過世，兩人被分別安置在不同的兒保中心，他把弟弟救出來逃走的過程。可是都已經是國中生的哥哥卻顯得驚懼不安，反倒像是依靠著年幼的弟弟。

亞美香體重超過一百公斤，身材魁梧，是媽咪們的領袖。當時是媽咪們的全盛時期，人數多達五十人以上。而且每個人都帶著孩子，在代代木公園裡形成了一個超過百人的大聚落。

團體一大，在遊民之間也特別吃得開。亞美香她們先是在紙板屋裡蓋了托兒所，與大型食物銀行合作，請他們送來嬰幼兒食品。此外也和區公所談判，讓年長的孩子可以去公園村附近的公立小學就讀，並在飲水區設置淋浴間，活躍地推行各種活動。

然而某一天卻出事了。阿昌出門尋找食物的時候，弟弟被警方帶走，從此下落不明。阿昌的弟弟一定是被安置到兒保中心了，卻沒有辦法得知是哪裡的機構。半年以後，總算調查出來，而且是最上他們的團體幫忙查到的。

聽到弟弟人在北海道的機構，阿昌哭著說再也見不到弟弟了。此後他整個人就變了樣，離開媽咪們，開始在街頭遊蕩。

媽咪們是有孩子的女遊民團體，身為少年的阿昌待起來並不自在。去年年底爆發的內部權力鬥爭更是推波助瀾。領袖亞美香被新來的年輕女子凱米可趕走了。

亞美香具有社會發言力，也上過電視，是個名人。但因為出鋒頭，背地裡似乎也招惹了不少閒話，像是她只會裝模作樣、作福作威，其實是個有錢人、偏袒自己的手下等等。

相較之下，凱米可才十九歲。十三歲離家出走後，她就一直在澀谷闖蕩，人面廣，在年輕女人之間也很有威望。一眨眼之間，媽咪們就落入凱米可的掌握，成員也一口氣年輕化。

聽說追隨亞美香的團體遷到淺草一帶去了。

準備回去的最上回頭說：

「伊昂，我有個問題想問你。你為什麼要逃離兒保中心？是因為有人欺負你嗎？」

「不是。」伊昂搖頭。

「我想也是，那你有什麼煩惱嗎？」

「沒有。」伊昂馬上回答。

即使經驗過飢寒交迫或酷暑難耐的生活，伊昂也從來沒有感覺過心裡難受。他默默不語，最上說了：

「不好意思打擾你了，下次再見吧。」

就在這個時候，店門猛地打開，一個年輕女人衝進來，迎面差點撞上最上。令人吃驚的是，這個人正是媽咪們的新領袖凱米可。

3

一頭染黃的長髮已經從髮根開始變黑，眉毛剃得一乾二淨，眼周畫上藍色眼影，這樣的凱米可看起來就像某個新品種動物，可是那張白皙的臉蛋非常漂亮，有如白煮蛋一般。

正好想著凱米可的伊昂因為這個巧合而吃驚，但他沒有表現出來，低頭看漫畫。老太婆才剛叮嚀過他，漠不關心是置物櫃店的基本守則。

「妳好，好久不見了。」

最上再次取下毛線帽寒暄。對方是媽咪們的首領，得從她身上問出情報，所以最上的態度很謙恭。而且凱米可不會去排隊領食物，很難看到她的身影。

「你是誰啊？」

凱米可的表情有些吃驚。

「我是街扶會的最上。」

最上把「街童扶助會」簡稱為「街扶會」。

「哦，你啊。我想起來了，之前拿過你的名片。」

凱米可點點頭。

「是的。最近媽咪們情況如何？」

凱米可把裹著緊身牛仔褲的屁股坐到桌上，從黑色夾克口袋裡掏出香菸。她用紅色塑膠打火機點火，叼著菸，從正面盯著最上吐煙。最上狀似害羞地俯下臉去，伊昂沒有漏掉看這一幕。他覺得自己發現了最上的弱點，忍不住開心。

「之前的成員全部離開了，現在都是些年輕女孩。這些莫名其妙懷孕的女生，也沒發現肚子大了，還忘記跟男人撈筆錢，全是些傻不愣登的蠢女孩，想到就教人火大。」

凱米可的聲音低沉沙啞。雖然有些刺耳，卻是種肖似澀谷街頭喧囂、令人有些懷念的嗓音，聽起來很舒適。伊昂心想，那真是不可思議的音色，側耳聆聽著。

最上一副坐立難安的樣子，把手裡的毛線帽折來折去。他有很多話想告訴凱米可，也有很多問題想請教她，但凱米可非常冷淡，令他覺得焦急吧。

「小孩子只要跟母親在一起，至少可以避免最主要的危機。媽咪們的活動對我們來說非常珍貴。」

「我們又沒有在做什麼活動。」

凱米可揚起嘴唇兩端，露出魅力十足的笑容。最上一開口說「可是」，凱米可馬上伸手制止。

「我們沒有家，所以才相互扶持過活。亞美香那時代都是以在街頭養育孩子為主，但我們還年輕，危險的不是只有孩子而已。咱們可不想被男人襲擊，所以也會注意這部分。有時候也會有些遊民集團跑來說要保護我們，但誰要他們雞婆？搞不好那才是引狼入室呢！再說，你剛才說小孩子只要跟母親在一起就不會有危險，這個想法太天真了。生下不想要的孩子的母親，如果覺得孩子礙事，就會扔掉孩子，或者是虐待他們。生在這種世道，這也是沒辦法的事，不全是女人的責任。」

最上一臉嚴肅地點點頭：

「我認為妳說的很對。」

真的嗎？凱米可狐疑的眼神盯著最上。

「對了，妳知道一個叫阿昌的孩子嗎？」

「知道，亞美香照顧過一陣子的孩子吧。他怎麼了嗎？」

凱米可摸著嘴唇旁邊問，那裡有顆小粉刺。

「我們打算安置他，讓他進去兒保中心。他以後不會出現在澀谷了，請不用擔心他。」

「誰會擔心他啊？我擔心的只有媽咪們的成員而已。」

這話凱米可說得魄力十足，最上像是被嚇到了，嘴巴半開。看到最上被駁倒，伊昂痛快極了。可是最上緊咬不放地說：

「我很難得看到妳，明知道冒昧，還是想請教妳一些問題，可以嗎？」

「免談。」

凱米可斬釘截鐵地說，叼著菸往可以放行李箱的大置物櫃房間走去，然後「碰」地一聲關上門。裡面的房間也是讓遊民更衣的地方，她大概是放著衣服在那裡吧。

「愛打聽的最上，活該。」

伊昂笑道，最上難得動怒了：

「這是我的工作，你不要多嘴。」

店門打開，一個穿西裝的中年男子走了進來。他直直地走到裡面的置物櫃，盯著拿出來的手機看。外表像是上班族，但會把手機寄放在置物櫃，證明他是一個遊民。露宿街頭的話，手機和現金等值錢的東西隨時都有被搶個精光的危險。

「我好像惹凱米可討厭了，先回去好了。有機會再見吧。」

最上重新戴好毛線帽，無聲無息地離開寄物店。

最上一走，凱米可便從裡面冒出來。她手裡拿著厚重的羽絨外套和白色帽子。這幾天氣溫一直很低，她是來準備冬衣的吧。

「那傢伙呢？」

凱米可頂了頂尖細的下巴問道。

「回去了。」

凱米可輕輕點頭。伊昂看著她畫成藍色的眼睛，心想她看起來很精明。那雙帶褐色的聰慧眼睛轉個不停。

「手槍婆會來嗎？」

「為什麼叫她手槍婆？」

「因為她有槍啊。」凱米可滿不在乎地答道。

「真的嗎？為什麼她有槍？」

「不曉得。」凱米可聳聳肩。

如果傳聞屬實，手槍是裝在老太婆的那只皮包裡嗎？伊昂有點興奮。凱米可把她那雙畫得藍藍的眼睛湊近伊昂面前說：

「我問你話啊。手槍婆會不會回來？」

伊昂覺得害羞，別開視線說：

「會啊，中午換班。」

「還有三十分鐘唷。我有事要跟老太婆說，在這裡等她好了。」

凱米可仰望牆上的電子鐘，十一點半。能夠待在暖和的地方，也只剩下三十分鐘而已了。

「你的快活時間一眨眼就過了呢。」

凱米可察覺伊昂的失望，哼哼鼻子笑道，但伊昂不覺得不舒服。凱米可就像剛才那樣，小巧的臀部坐在桌上。她擅自拿起伊昂的漫畫，隨手翻看了幾頁，然後嫌無聊似地扔回桌上。

「聽說普樂多公園的食物發放很寒酸？去的人都在抱怨，日子真不好過呢。」

凱米可呢喃著點起香菸。煙的味道讓置物櫃前看手機的男子羨慕地回過頭來。凱米可無視男子，豪邁地吞雲吐霧。

「對了，剛才忘記跟那個小哥說，聽說有幾個小孩聚在市場那裡。現在已經不是亞美香當家了，所以咱們媽咪們絕對不會收留他們。下次你遇到那個小哥幫我轉告一聲吧。咱們這兒光是剛出生的嬰兒就有三個，吃不消吶。」

「我會轉告。」

伊昂答應，卻又納悶下次見到最上的時候，自己還會記得這件事嗎？沒興趣的事，伊昂總是馬上就忘記了。

最近百軒店的國際市場有年幼的街童出沒，伊昂也聽說了。

小孩子的話，會被警方保護，見一個抓一個，扔進兒保中心。可是因為他們的做法太機械化，讓最上他們不得不在事後奔走處理，清查哪個孩子進了哪家兒保中心、受到什麼樣的對待？從兒保中心逃脫的孩子時有所聞，而巧妙逃離警方獵捕的聰明小孩也增加了。就像伊昂和過去的凱米可那樣。

機構裡雖然有食物和床鋪，但不能說就是安全的。在那裡會受到嚴格的規範束縛，被大人問東問西，除非極為小心，否則還會遭到同伴欺凌。有些時候，甚至在街頭自由生活還能活得比較久。

「對了，最近都沒看到你，你都睡在哪裡啊？」

「一個好地方。」

凱米可做出用拳頭輕敲伊昂腦袋的動作。

「就快入冬了，你自個兒要小心啊。街上沒一個地方是安全的。或許你也跟阿昌一起去兒保中心比較好。趁著還能進兒保中心，要把握機會啊。」

只有十七歲以下的青少年才能進入兒保中心，但伊昂激烈地搖頭。

「我不想去。」

凱米可交抱起雙臂：

「我知道你不想去的心情，可是單獨一個人生活太危險了。」

伊昂發現凱米可左右手的手根部都各有一個字母的刺青。右手從小指到拇指分別是I LOVE，左手從拇指開始是CHEMI。字的方向是朝著對方。

伊昂被那微微暈滲的字母排列迷住了。

「那是什麼意思？」

凱米可瞥了自己的手指一眼，以沙啞的聲音答道：

「I LOVE CHEMI，我愛凱米可的意思。」

「妳自己刺的？」

凱米可聳聳肩：

「怎麼可能？去神泉的刺青店刺的。我生小孩的時候，就決定從今以後只愛我自己。是那時候的紀念。」

這跟最上說的「依戀」是同樣的意思嗎？可是最上說他喜歡父母、妹妹和朋友，卻沒有說他喜歡他自己。

伊昂也從來沒想過喜歡自己。自己就是自己，沒有喜歡也沒有討厭。反倒是一想到一生都得帶著這樣的身心活下去，就覺得煩死了。

伊昂完全無法理解不惜在手指上刺青，也要主張喜歡自己的凱米可。凱米可一定是不同於自己和最上的不可思議生物。

「妳不喜歡自己的小孩嗎？」

凱米可懶洋洋地回答：

「喜歡啊，畢竟是自己生的嘛。」

伊昂無法克制要追問：

「可是妳只愛妳自己吧？」

凱米可窮於回答似地想了一下，正準備要開口的時候……

4

「喂，我說，」

突然有人出聲打斷兩人的對話。是剛才就一直待在這裡的西裝中年男子。

「拜託一下，幾分鐘就好，可以讓我用那邊的插座充電嗎？我剛才收到很重要的簡訊，可是電池沒電了，讓我看一下那封簡訊就好。」

凱米可像在考驗伊昂似地望向他。伊昂當場搖頭：

「不行。我就是被雇來盯著的。」

西裝男雙手夾著手機，做出膜拜的動作：

「五分鐘就好了，不，三分鐘就好。我的小孩傳簡訊給我，他今天生日耶。不趕快回信給他，小孩不是很可憐嗎？他說他現在在學校，是下課時間。這種時候如果馬上收到回覆不是會很高興嗎？所以一下子就好了啦。一分鐘、一分鐘就好，拜託！」

置物櫃開一次一百圓。男子捨不得多花置物櫃的錢，連暫時關上櫃門，去便利商店充電都不肯。

「大叔，死了這條心吧。規定就是規定。」

凱米可斬釘截鐵地說，男子的表情僵住了。

「你們也未免太一毛不拔了吧？」

伊昂感到不愉快，厚臉皮的大人最難纏了。

「一毛不拔的是誰？你充電的話，就等於是偷電好嗎？」

「說得那麼誇張，借一下罷了，就優待一下嘛，拜託啦。」

男子眼眶泛淚，凱米可用力搖頭。男子吼了起來：

「搞屁啊！小孩子囂張個什麼勁！不知變通，看了就有氣！通融一下是會死啊！」

男子把原本放在置物櫃裡的東西粗魯地塞進紙袋，憤恨不平地離開店裡。老舊的門被猛力甩上。

「白痴啊，還假哭。」凱米可罵道。「那種人你要特別當心啊，在街上碰到會遭到報復的。」

媽咪們應該被男人們襲擊過許多次。心存惡意的人會刻意挑選婦孺這些弱者洩忿。伊昂也好幾次被酒醉的遊民找碴，差點挨揍。今早想要插進食物發放隊伍的金城也是把伊昂這些孩子置於自己的支配底下，如果反抗，他就任意踢打。

暴力不是只在遊民之間橫行。就連有家可回的人，也會拿弱小的遊民當作發洩的對象。他們專挑一個人睡在路上的遊民，已經有好幾十人因此喪命了。如果遭到圍攻，遊民毫無招架之力；一旦疏忽大意，也會有一個人就冷不防出手攻擊的情形。街頭很自由，卻也危機四伏。

「我回來了。」

手槍婆回來了。她手中看似沉重的黑色尼龍袋裡好像裝著煎餃之類的食物，整個房間瀰漫著蒜頭味。老太婆看到凱米可，一張臉變得開心極了。

「這不是凱米嗎？好久不見了。」

「阿姨好。」

凱米可坐在桌上，搖晃著兩條腿。手槍婆叫伊昂走開，坐下後隨即取出鍺粒子棒，開始摩擦皮膚。

「媽咪們怎麼樣？」老太婆問凱米可。

「大家都還活著。」

「真了不起的生命力。」

「年輕嘛。」

凱米可哈哈大笑。伊昂耐性十足地等著，手槍婆這才想起酬勞這回事似地，取出被手垢沾得泛黑的錢包，把八枚百圓硬幣丟到伊昂掌心。

「時薪三百，所以是九百。可是你今早遲到，所以扣一百，總共是八百。鍺棒按摩今天就算你免費好了。」

伊昂抓起錢幣。

「真小氣，一百圓而已，就給他嘛。他也算是店裡的客人啊。」

凱米可笑道，但手槍彷彿沒聽到，再次拿起鍺粒子棒。

不過伊昂不在乎。半天賺到八百的話，就可以去便利商店吃杯麵，晚餐甚至可以買便當，還可以向街頭的漫畫小販買到幾本中古漫畫。

「這孩子不錯唷，他剛才把纏著要借插座充電的大叔趕走了。」

凱米可說，手槍婆皺起不自然的棗紅色眉毛說：

「因為是小孩才會被看扁吧。」

伊昂內心一涼，擔心會不會被開除，凱米可笑了：

「老太婆一樣也會被看扁啊。」

手槍婆不曉得是不是回心轉意，指著電子鐘對伊昂說：

「你有手表吧？明天繼續過來吧。不過九點沒來的話，我就要換別的孩子了。」

「謝謝，我一定會來。」

伊昂沒有手表，但靠著戶外光線可以看出大概的時間。這下子明天也能活下去了——他放下心來。

凱米可和手槍婆似乎在商量什麼事情，壓低聲音交頭接耳。似乎忘了伊昂的存在，看也不看他。

伊昂跑出置物櫃店。早上還是晴天，卻在不知不覺間變得烏雲密布，氣溫低得彷彿隨時都會下雪。可是伊昂心頭雀躍不已，一點都不在乎。

他朝中心街的方向跑去，進入有認識店員的便利商店。他請店員倒熱水，吃了杯麵，順便買晚餐要吃的便當。然後在背包發現早上收進去的香蕉，開心極了。還在店門口的垃圾桶裡挖到兩本漫畫雜誌。真是太走運了。

伊昂回到百軒店的市場。千代田稻荷神社的範圍從短短的參道到前面的小廣場全被攤販擠得水泄不通。看不出國籍的顧客以一圓的單位砍價，也有人聚在烏龍麵和韓國煎餅的攤子前，熱鬧滾滾。

伊昂走到角落賣漫畫和雜誌的攤販，把撿到的漫畫雜誌亮給老闆看。老闆默默地遞出兩枚十圓硬幣，把雜誌直接擱到台子上。一定是用一本五十圓的價格再賣出。伊昂把收下的二十圓放進口袋，開始專注地挑選台子上的漫畫。

忽然間他覺得有人在看他，抬起頭來。兩個小學生年紀、一身骯髒破爛的小男生一臉羨慕地躲在鳥居後面看著伊昂。好像是凱米可說的小孩，不過伊昂馬上別開視線。

第二章 澀谷宮殿

1

伊昂穿過舊東急百貨的住商混合大樓旁，往松濤方向走去。松濤是有許多豪宅的高級住宅區，是澀谷的遊民絕對不能踏入的地方。萬一有人報警就麻煩了。雖說外表有些骯髒，但伊昂還是少年，他有自信不會遭識破是遊民。

時間的自由、空間的自由。活在一切的自由之中，反過來說，也等於是過著無根浮萍般的日子。讓天候、環境等運氣因素牽著鼻子走，被動的生活當中，遊民逐漸染上相同的色彩——認命與悲哀的灰色。

總有一天，自己也會變成那樣嗎？伊昂看著骯髒的指甲想。但獨自一個人的自由生活，是任何事物都難以取代的，他覺得阿昌那種悲嘆與孤獨都跟自己無緣。

乾脆就像凱米可那樣，也在手指上刺青如何？要刺什麼樣的字才帥呢？伊昂完全不懂英文，下次見到最上的時候問問他好了。他也很好奇那個正經八百的最上會有什麼反應。

伊昂感到一種前所未有的滿足。明天的打工差事有著落，今天還見到凱米可，聊了幾句。然而與那種亢奮的情緒相反的疲累悄悄而至。是因為在大寒冬裡天還沒亮就去排隊領食物的關係嗎？伊昂處於慢性的營養不足，跟同年紀的少年相比，體力遜色許多。

伊昂拖著逐漸沉重的腳步爬上松濤的坡道。偶爾會有不知名的高級外國車行經身旁。沒有行人，冬季的住宅區寂靜無聲。

伊昂繞過鍋島松濤公園的池塘，走向山手大道那一側，前面一棟粉紅色的花稍建築物就是伊昂的祕密基地。

建築物有個模仿蝸牛殼般的古怪圓頂屋頂。在高大的圍牆遮蔽下看不見全貌，但偌大的土地種滿樹木，是一棟相當大的建築物。

溜進裡面的時候，伊昂看見掉在庭院的招牌，才知道這棟建築物叫什麼名字。

澀谷宮殿

招牌生鏽了。

樹木似乎也很久沒有人修剪，圍牆上藤蔓遍布，樹木一片蔥蘢。庭院的草皮脫落，裸露出黑土，迴車道的柏油路上長著薺菜。門上掛著一塊牌子，拒絕來者似地大大地寫著「非關係者禁止進入」，並纏上好幾層粗重的鐵鍊，以免不法之徒任意打開。

伊昂不著痕跡地觀察周圍，確定沒有人後，抓住圍牆攀了上去，然後迅速地往下跳到庭院堆積如山的落葉堆。

澀谷宮殿是東京舉辦奧運時落成的古老建築物，直到五年前似乎都還作為婚宴會館使用。聽說是以高級住宅區裡的古怪婚宴會館的特色搏得歡迎，但後來發現它不符合耐震標準，建築物被禁止使用，決定拆除。

由於經營公司倒閉，長久以來它遭棄置在原地。就跟百軒店一帶一樣，在東京，因計畫受挫而遭棄置多年的土地和建築物一年比一年更多。

伊昂把枯葉踩得沙沙作響，繞到後面去。一樓的玻璃幾乎都破光了。他輕易打開廚房後門，進入屋內。廚房的水和瓦斯都停了，但架上的餐具只是蒙了薄薄的一層灰，整齊完好地留在原處。

伊昂穿過宴會廳。宴會廳是最大的房間，鮮紅色的椅子和白色的桌子都還在，天花板上吊著好幾盞粗俗的仿水晶燈照明。舞台旁邊保留有蛋形的小電梯，可以讓新郎新娘一起從樓上登場。

穿過拆除的門到走廊，兩側各有三間小休息室，伊昂走進最前面的一間。那是間六張榻榻米大的和室，鋪著地毯。伊昂把毛毯和水帶進這裡，布置得妥妥貼貼。只要忍耐一下灰塵味，櫃子裡面大量的坐墊也可以拿來禦寒。

沒看到被人侵入的痕跡，伊昂鬆了口氣，把背包放到地毯上坐下。十二月的太陽一眨眼就沉沒了，但天色還有點亮。冬夜又長又冷，他打算天一暗就入睡。露宿街頭的人都喜歡聚在一塊兒，是因為害怕黑暗中不曉得潛伏著什麼，可是伊昂不在乎。

吃完便當後，用手電筒看會兒漫畫，睏了就闔眼，然後醒來就是早上了。明天的早飯用剩下的便當跟香蕉解決就行了。重點是，伊昂想快點看漫畫。他拿坐墊當枕頭，橫躺下來。

2

伊昂覺得好像聽見人的腳步聲，反射性地爬起來。可能只是心理作用，但這是棟廢棄屋，就算有人闖進來也沒什麼好奇怪的。事實上伊昂第一次進來的時候，典禮會場就是一片混亂。宴會廳的椅子被粗魯地掃到一處，牆上封死的玻璃窗也破了好幾片。

是誰？伊昂打定主意，如果對方也是遊民，就奮戰到底。這棟澀谷宮殿是他先發現的，他有占有權。不過還有其他必須提防的事——有許多以犯罪為樂的集團只要發現無人的建築物，就會四處放火。

伊昂躡手躡腳地走到聲音傳來的大廳。大廳就是蝸牛形圓屋頂的部分，與正面玄關相連，因為有圓屋頂的挑高空間，充滿開放感。前來赴宴的客人都在這裡喝飲料，等待進入會場。右邊有通往庭院草地的陽台，左邊是大大的白牆。牆上原本似乎掛著一幅巨大的畫作，留有黑色的框痕。

沒有人，也沒有人活動的氣息。伊昂鬆一口氣，望向牆壁，登時嚇得整個人怔在原地。白牆上不知道什麼時候畫上了一幅巨大的圖畫。早上還沒有，所以是伊昂去排食物發放到置物櫃店打工的期間有人闖進來畫上去的。

那幅圖畫對伊昂造成了巨大的衝擊。有伊昂的胸脯那麼大的右手和左手各別捧著一個嬰兒。手很粗壯，應該是男人的手吧。右手寫著「鐵」，左手寫著「銅」。放在右手的嬰兒是紅色的，面朝左邊，左手的嬰兒是黃色的，面朝右邊。面對面的一對嬰兒像胎兒般蜷縮著。

「銅鐵兄弟。」

伊昂呢喃，全身無力蹲了下去。這是從機構逃走之後五年的歲月裡，一次也沒有經驗過的靈魂危機——不，靈魂歡喜地造訪了。伊昂想起自己也有在意的人。不是喜歡也不是愛，甚至無法用任何字眼去定義那個巨大的存在。就是銅與鐵這對雙胞胎兄弟。

比伊昂年長三歲的銅與鐵就像同一個人。他們是同卵雙胞胎，就像一個人照鏡子般，從齒列到左頰的黑痣位置都一模一樣。他們會以無法分辨的相同音質，幾乎同時說出同樣的話。

「銅，鐵，你們在哪裡？」

伊昂壓抑著激烈的心跳，在會場裡面四處奔跑。宴會廳、閣樓、儲藏室、員工室。他打開所有的門，尋找那對兄弟。他們終於來接他了嗎？帶著孤獨基因的自己，是多麼地憧憬、響往著那對完全相同的雙胞胎兄弟啊！

「銅、鐵，在的話出來啊！你們是來接我的吧？」

伊昂大叫，聲音卻空虛地在廢墟裡迴盪。太陽轉眼間沉沒，會場墜入黑暗之中。

伊昂用手電筒照亮圖畫。沒有錯。那對兄弟在此地留下這張圖，表示他們遲早會來跟他會合。這張圖是不是指示他，叫他在這裡等？

「我等，我會在這裡等！」

伊昂朝著黑暗大叫。一關掉手電筒，發現只有自己一個人置身黑暗之中，伊昂突然怕了起來。他從來沒有這樣過。

伊昂冷得發抖，沒有吃便當，沒有讀漫畫，也沒有入睡，只是全心全意地等待著什麼事發生。

如果是銅與鐵兄弟，一定會在現身之前給自己某些信號。像是用小石子丟玻璃窗，或是把影子投射在牆壁上。

進入兒保中心之前待的房子不也是這樣嗎？喜歡惡作劇、嚇人，調皮搗蛋的銅鐵兄弟，是伊昂這些「兄弟姊妹」的領導者，也是教導他們如何應對大人的導師。

「大人有三種：好心的大人、壞心的大人、不好也不壞的大人。好心的大人難得一見，碰到壞心的大人要馬上開溜。可是最折磨我們的，是不好也不壞的大人。而且這種人特別多，絕對不要相信他們，總之要徹底看透大人。唯有這樣，我們才能活下去。」

銅與鐵兄弟同聲再三強調。兩人的話每一字每一句都相同，就像練習過似地同時出聲。

伊昂等人一邊專心聆聽，一邊看著兩人納悶：誰是銅？誰是鐵？可是漸漸他覺得這不重要了。兩個人都是銅，兩個人也都是鐵。

而且就算問他們，他們也不肯好好回答。問其中一個：「你是鐵嗎？」那個人會應道：「是啊，我是鐵。」然後另一個人就會笑：「上當啦，我才是鐵。」如果再問：「那你是銅嗎？」兩人就會同聲回答：「不是，我們不是銅，我們是鐵。」

銅與鐵兄弟是伊昂等人的憧憬。每個人都關注著他們，迫切期待著他們能跟自己說話。看著他們兩人，會為那種過度完美的相似而陶醉，甚至感動到無法入睡。

如果銅與鐵各只有一個人，一定就沒有那種魅力與魄力了。正因為是兩個面貌與人格完全相同的人，所以他們才是如此驚異、完美的存在。他們的話是絕對的，所以「兄弟姊妹」都聽從他們。

啊，銅和鐵還是一模一樣嗎？如此相似的兩人是人類的奇蹟——伊昂內心的憧憬又復甦了。想起兩人同聲說話的模樣，伊昂緊緊握住身上一層又一層的衣服，身體情不自禁地扭動。他無比渴望見到銅與鐵，他無比渴望沐浴在他們的影響力之下。

伊昂一整晚都繃緊神經，不放過絲毫動靜。聽到一點細微的聲音，他就衝出房間，在漆黑的澀谷宮殿裡四處摸索。

夜晚的宮殿很可怕，黑暗的走廊盡頭像是有什麼佇立著，漆黑的天花板底下也似乎有什麼潛藏，破掉的玻璃窗外頭傳來的聲音，是什麼東西發出來的？豎耳靜聽，就可以聽見各種聲音。風？或是貓狗？還是未知的什麼？

伊昂怕得渾身發抖。這是在過去的街頭生活中從來沒有過的，過去伊昂怕的只有壞心的大人，所以夜晚的黑暗反倒是安全的帷幕。

可是今天的伊昂害怕潛藏著神祕之物的黑暗。神祕之物，他覺得這個世界就是那樣的東西，自己為什麼活著？為什麼在這裡？要往哪裡去？全都是不知道的事。這讓伊昂痛苦地感受到其實自己根本不明白任何事。

銅與鐵兄弟化身圖畫現身的瞬間，伊昂改變了。就像退化成活在充滿恐懼的世界裡的幼童一般。

伊昂與銅鐵兄弟離別，是在八歲的時候。後來究竟過了幾年？伊昂現在十五歲，所以他們已經七年沒有見面。大他三歲的銅鐵兄弟應該十八歲了。

七年前，伊昂這些「兄弟姊妹」突然被拆散，被安置到日本各地的兒保中心。伊昂和一個叫塞勒涅的「姊姊」一起被安置到東京市中心東部的一家兒保中心。那是在市中心一家還算大的兒保中心，有好幾千名兒童住在那裡。

每一家兒保中心都民營化了，為了獲得政府援助，都拚命做出績效。所謂績效，最重要的就是徹底刪減經費，次要的才是貫徹兒童保護。

刪減經費的另一個說法，就是所有的一切都是匱乏的——無論人力、金錢、時間或愛都是。所以保母、教官、心理諮詢師也都不夠，兒童被要求忍受酷熱與寒冷，總是餓著肚子。雖然可以接受義務教育，但教科書是輪流使用，文具也不夠，生活中完全接觸不到遊戲機、電腦和手機。

所謂貫徹保護，就是防止兒童的不良行為和逃脫，無論如何要讓他們從兒保中心畢業。因此兒童受到徹底的管理，如果被發現抽菸、吸毒、喝酒、男女交往等不良行為，當天就會送進未成年監獄，反抗也是一樣。

過了十七歲，就能順利從兒保中心畢業，可是畢業生不會操作電腦、沒有手機、未經任何訓練就被丟進社會，所以能夠找到工作的，只有運氣非常好的一小撮人。因此也有很多人就這樣變成遊民。

沒有人知道從什麼時候開始，孩子落入了這種處境。人們開始注意到棄養問題與虐待情事增加時，所有的一切都荒廢了。

「姊姊」塞勒涅立刻就和年紀稍大的少女一起逃脫了。她後來去了哪裡，伊昂完全不曉得。應該跟凱米可一樣，在某個城市過得好好的吧。關於塞勒涅的記憶，就只有她是個短髮、比自己年長的女生而已。就算現在碰到，也一定認不出彼此。

塞勒涅逃脫時沒有帶伊昂一起走，是因為伊昂年紀還小嗎？當時伊昂怨懟地想，如果是銅與鐵兄弟，就絕對不會拋下他。伊昂花了兩年的歲月，終於成功自力逃脫。

3

遲來的黎明終於造訪，橘色的朝陽從破損的玻璃窗探出頭來。殘餘在枯草皮上的白霜反射著朝陽，晶瑩閃爍。

伊昂因為寒冷和睡眠不足而累壞了，即使如此，他還是非去確認不可。他必須在變得明亮的澀谷宮殿四處查看，尋找兩人來過的痕跡。

朝陽中可以清楚看見地板上的灰塵，一樣宛如皮膜般薄薄地積著一層。伊昂納悶，兩人明明應該來過的。

伊昂藉著從圓頂天窗射進來的光線仔細察看牆上的圖畫。以油漆畫下的粗獷線條，與最近在公共建築物或地下鐵四處塗鴉的團體的畫風相似。不過上面畫的，毫無疑問是銅與鐵這對兄弟誕生於世的故事。強壯、帥氣、溫柔，完美地一分為二，是同一顆受精卵的證據。能夠親眼看見他們，是幸福。

離開房子以後，伊昂一次也沒有碰過像銅鐵兄弟那樣出色的人。兩年前，他聽說新宿中央公園有對雙胞胎少年遊民，便前往查看。他花了半天尋找，結果完全不是。那對雙胞胎已經年過二十，而且長得不怎麼像。是異卵雙胞胎。

「你們就是全然的完整。」

伊昂以骯髒的手輕輕撫摸牆上兩隻手捧著的兩個嬰兒，然後朝著圖畫大叫：

「我在這裡！」

伊昂吃著涼掉的便當尋思著。既然銅鐵兄弟昨天上午出現在這裡，那麼今天的打工或許不要去比較好。可是如果今天沒去，手槍婆一定再也不會雇用伊昂了。放棄在置物櫃店看店這種安全又輕鬆的打工機會實在可惜。

今早是今年冬天最寒冷的一天。沒有過期、不是從垃圾桶撿回的便利超商便當，是難得嘗到的美食，但白飯冷透了，變得像冰塊一樣。伊昂勉強把飯嚥下去，但因為吃了冷冰冰的白飯，身體冷到止不住哆嗦。這樣一來，就會想待在置物櫃店裡暖和身子。伊昂決定去打工。

伊昂從背包裡取出撿來的油性麥克筆，下定決心，在兩人的畫之間畫了個小小的人，旁邊寫上「伊昂在這裡」。

這樣一來，即使兩人在他不在時前來迎接，也可以知道伊昂看到了他們的訊息，會在這裡等他回來。

伊昂放心離開澀谷宮殿。他翻過圍牆，到公園洗臉，接著穿過住宅區趕往置物櫃店。澀谷的街道才剛醒而已，他看到好幾盞徹夜營業的店鋪霓虹燈還亮著。

伊昂穿過百軒店的國際市場。許多攤販蓋上藍色塑膠布，並且在上面纏了好幾道鐵鍊，免得有人偷走器物。

角落的攤子底下伸出小孩子穿著帆布鞋的髒腳。是昨天看到的街童鑽到裡面去睡覺吧，他們年紀比伊昂還要小，一定是從兒保中心逃出來的。

街童如果能加入公園村的流浪漢社群，應該勉強可以生存。就像過去的自己那樣。

遊民的大型聚落會有許多人捐贈物資，也有義工前往。每天一次，同伴會自己煮飯分發食物。有些人的帳篷裡面甚至還有電暖器，也經常互借生活用品。公園村進行自治，只要守規矩，是個很安全的地方。

遊民的種類五花八門。有些人只是沒有家，住帳篷通勤上班；有些人在帳篷裡工作；也有些人有家，卻因為某些苦衷而露宿街頭。

當然，也有許多境遇更為悲慘的，像是因為沒有家而失去工作，錢也用光，只能在街上徘徊的人。而像伊昂那樣從小就無處可去，理所當然沒有家的年輕人也愈來愈多了。

因此年輕的凱米可才會取代亞美香抬頭，像最上那種投入街童救助活動的年輕人也增加了。

「等一下！」

突然有人叫住伊昂。伊昂停下腳步朝著聲音方向看去。是另一個街童，年約十歲，身上只穿著黑色運動服，在清晨的低溫中冷得直發抖。

「幹嘛？」

「欸，你也沒有家嗎？」

「我有家。」

伊昂沒有撒謊，他有澀谷宮殿。而且他也和銅鐵兄弟約好在那裡會合了。一股喜悅湧上心頭，伊昂忍不住微笑。他沒有注意到少年羨慕的表情。

「你家有家人嗎？」

「沒有。」回答之後，伊昂搖頭：「不，有。」

銅鐵兄弟是「家人」嗎？和最上表情鎮靜地談論的父親、母親和妹妹一樣嗎？不，不一樣——伊昂心想。他們兩個不是「家人」，也不是朋友，跟塞勒涅或米涅拉那些其他的「兄弟姊妹」也不一樣。無論如何，他們兩個對伊昂而言是絕對的。

「不，沒有。我沒有家人。」

伊昂再次以激烈的口氣否定，少年似乎被搞混了，有些害怕地看伊昂。不過他又客氣地問：

「我們也可以去那裡嗎？」

「不行。」

伊昂當場回絕。結果一道尖厲的聲音響起：

「小氣！」

剛才躲在攤子底下、只露出帆布鞋的少年爬出來叫道。他也穿著一樣的黑色運動服，光腳套著帆布鞋。臉頰凍得都脫皮了，耳朵通紅，是凍傷的症狀。

兩人髮型不一樣，所以伊昂之前沒有發現，但仔細一看，長相和身材都很像，或許是雙胞胎。伊昂羡慕得胸口都發疼了。

「你們是雙胞胎？」

「是又怎樣？」

後來出現的少年不快地答道。這邊這個個性似乎比較強悍，銅鐵兄弟不是哪一邊怎麼樣，而是兩人都一樣強悍、兩人都一樣溫柔。失望的伊昂不屑地說了：

「沒怎樣。」

伊昂就要離開，先開口的少年道歉了：

「對不起，我弟被逼急了。」

這裡哪一個人沒有被逼急？伊昂在內心罵道，但沒有說出口。兩個人會一直待在這裡，撿人家掉的食物，或是接受別人的施捨活下去吧。再過不久，就會被壞心的大人毆打，餵毒染上毒癮，變成大人的手下。伊昂覺得自己沒有變成那樣，都是因為有銅鐵兄弟教他。

「欸，教教我們吧。我們該怎麼混下去？」

哥哥追上來問。伊昂回頭：

「回去兒保中心啦。」

「絕對不要。」哥哥的口氣顯露出頑固的個性，斬釘截鐵地說。「我們再也不想挨揍了。」

「那就隨你們愛怎麼樣吧。」

聽到伊昂的話，哥哥死心似地垂下目光。可是伊昂覺得哥哥說「弟弟被逼急了」的表情，透露出一種兄弟同在的喜悅。伊昂想起阿昌牽著弟弟時滿足的表情，心裡一陣不爽。他不想認同他們那種血緣關係。他只能容許銅鐵兄弟的完美。

伊昂總算逃離兒保中心，是十歲的時候。

約五坪大的房間裡，有二十張層層疊疊的床鋪。書桌只有教室有，根本沒人唸書，也沒有可以放置個人物品的置物櫃，所以重要的東西總是隨身攜帶。

霸凌與暴力理所當然地在孩子之間橫行著。狀況很嚴酷，弱肉強食的構圖成了常態。員工和保母，所有的人都對此視而不見。伊昂最為痛恨的，就是兒保中心那種「不好不壞」的大人。嘴上對孩子甜言蜜語，卻又嘆息著無法違背上司的命令，曖昧不明的一群人。好心的大人難得一見，壞心的大人是敵人，不好不壞的大人最該當心。伊昂的腦中，銅鐵兄弟教導的「不要相信大人」的警告不停在腦中迴響。

所以伊昂從來沒有對任何一個職員或教官敞開心房，就算不受他們疼愛也無所謂。其他的孩子因為太想念爸媽，很多人會為了獲得兒保中心的職員關愛，討他們歡心，但伊昂瞧不起那樣的孩子。我不一樣，我不需要爸媽。因為兒保中心只有「不好不壞」的大人。

4

伊昂跑上神社後面大樓的階梯，打開置物櫃店的門。戴著老花眼鏡的手槍婆狠狠地瞪了他一眼。

她止在看隨身電視，但似乎不想讓伊昂看到，匆匆關掉畫面。把只有薄薄口袋書大小的電視丟進黑色皮包裡，埋怨說：

「來得這麼早，才七點半。就算早到了，我也不會多給你薪水。」

著。

「沒關係。我不想遲到，所以早來了。」

「說得這麼了不起，其實是怕冷吧？早看透你是想來這兒取暖了。」

手槍婆笑也不笑。她拿出愛用的豬棒，但沒有摩擦臉頰，而是在皺紋遍布的掌心上滾動著。

「阿姨，我可以在這裡待到上班嗎？」

伊昂客氣地請求說。

「不行。地下街的鐵門應該開了，你去地下街或便利商店打發時間吧。」

手槍婆二話不說地拒絕。

幾年前開始，便利商店就採行時間制，入店以後二十分鐘內就得離開，不能待太久。而地下街被一群活在地底的年輕人集團「地下幫」給盤踞，外來者馬上就會被趕走。

伊昂雙手合掌懇求說：

「求求妳，我沒有表，怕超過時間。」

「車站不是有電子鐘嗎？」

伊昂不想在宛如冰冷鐵箱的車站等待。尤其最近站方為了避免遊民和流浪漢入住，不管是鐵門還是窗戶都關得緊緊的，宛如要塞一般。因為有強盜出沒，進駐的商店也消失了，幾乎所有的車站都成了只剩下自動售票機的無人站。也聽說因為車站變得過於肅殺，搭電車成了一種痛苦，許多老人家因此愈來愈不敢出門。有錢人都自己開車，在停車場完善又新穎乾淨的城區遊玩；而不會開車的老年人或低所得階層則去不需要搭電車的鄰近市區。所以新宿或澀谷這些舊市區充斥著無處可去、無家可歸的人。

伊昂猶豫不決，老太婆冷冷地說了：

「不想去車站，就在門外等。」

伊昂忍住哈欠，無可奈何地到走廊去。走廊陰鬱骯髒，即將壽終正寢的螢光燈閃爍著。一名西裝男子像要推開伊昂似地慌忙衝進置物櫃店。是要上班的遊民過來拿東西吧。男子離開後，又有其他男女進入置物櫃店。

伊昂在走廊角落抱膝蹲下，以免妨礙通行。即便冷風從階梯吹上來，伊昂仍抵擋不住睡意，昏昏沉沉地打起盹來。

在分不清現實與夢境的狀態中，伊昂一次又一次看到還是小孩子模樣的銅鐵兄弟一起跑上狹窄樓梯的場面。兩人站在伊昂面前，齊聲說道：

「起來，伊昂，我們來接你了。」

伊昂跳起來東張西望，然後發現滿地垃圾的蕭瑟走廊只有自己一個人。他發現自己是在作夢，失望不已。這樣的夢不曉得反覆過多少次。

「伊昂！伊昂！」

有人拍他的肩膀。真正的銅鐵兄弟終於來了，伊昂高興地抱了上去。

「你們來了！」

伊昂感覺對方困惑地僵住了。

「伊昂，你怎麼了？」

伊昂吃驚地睜眼一看，那是個與銅鐵兄弟毫不相似的成年人——最上。一成不變的黑色羽絨外套拉鍊直拉到最頂端，但頭上沒有戴黑毛線帽，最上一臉吃驚。

「你還好嗎？」

伊昂失望，大大地嘆了一口氣。

「什麼嘛，原來是你。」

最上苦笑：

「不好意思唷。」

「爛透了，差勁死了。」

伊昂吸起鼻涕，昨晚一夜沒睡，他又睏又冷。可是剛才的夢一定是預知夢，銅鐵兄弟馬上就要來接他了。今天的伊昂充滿希望，精神好得很。

「你怎麼睡在這裡？怎麼了？出了什麼事嗎？」

最上憂心忡忡地看著伊昂。伊昂討厭那種觀察的眼神，做出像要甩開對方關心的動作說：

「沒事啦，不要管我。你真的很愛打聽耶。」

最上看手表說：

「已經九點囉，你不進去裡面嗎？我是來看你有沒有好好來上班的。」

雞婆的傢伙。伊昂覺得氣憤，但幸好最上叫醒了他。即使就坐在門外，如果不準時進去，手槍婆一定也會生氣，把他開除。

不出所料，伊昂一開門，披上磨損的皮草大衣準備回家的老太婆劈頭就吼：

「你跑哪去了？你不來我怎麼回家？」

「別生氣，別生氣。」最上打圓場說。「妳不讓他進去，他只好在門外等啊。瞧他多可憐，人都凍壞了。」

「干我屁事。有工作就該偷笑了，我還沒要他謝我呢。」

老太婆瞪了最上一眼，匆匆離開店裡。老太婆回家後，會在短短三小時內做完家事，買幾餐飯，再回來店裡，然後監視一個晚上。

「真厲害，不愧是一個人經營置物櫃店的人物。」

最上好像不曉得手槍婆隨身攜帶手槍的事，不過他會這麼佩服是有理由的。

去年新宿的置物櫃店遭到強盜闖入。強盜把看店的人綁起來，拿電鑽破壞置物櫃後，將裡面的東西搜刮一空。店方當然沒有保險，不曉得究竟損失多少，也沒有賠償。

現在新宿已經成了相當危險的地區，案子又發生在三更半夜，不過置物櫃店的看店工作還是不該由一個女人──不，由一個小孩負責的。可是手槍婆為了節省人事費，每天都雇用小孩代為看店三小時。

「伊昂，你昨晚好像沒睡？最好別打瞌睡囉。」

「我知道啦，你很煩耶。」

伊昂在桌前坐下，做出揮手趕人的動作。最上默默抱起雙臂，俯視著伊昂。

「你跟平常不太一樣。」

「哪裡不一樣？」

伊昂仰望，最上歪著頭說：

「說不上來是哪裡不一樣，可是總覺得印象不同。平常的你盛氣凌人的，一點都不可愛，可是今天……」最上說到這裡停了。

「今天很可愛是嗎？」

伊昂氣壞了。

「唔，是啊。」

最上高興地笑了。

「最上，你快點走啦。我要工作，而且今天凱米可不會來。」

聽到凱米可的名字，最上表情依舊一臉嚴肅。

「我一點都不擔心凱米可，我擔心的是你啊，伊昂。你離開公園村，到哪去睡覺了？」

「我幹嘛告訴你？」

伊昂下定決心絕對不把澀谷宮殿的事告訴任何人。

「如果你出了什麼事，我一定會幫你的，告訴我吧。」

「我絕對不說。這是祕密。」

伊昂和最上互瞪一會兒，但最上終於死了心，準備離開。

「好吧，伊昂，我也不想強迫揭發你的祕密，隨便你吧。」

忽然間，伊昂想起凱米可要他轉告的話。

「對了，凱米可有事交代。」

「凱米可？」

最上訝異地皺起眉回過頭。

「凱米可叫我跟你說，市場有街童，但媽咪們不會收留他們。」

最上的職業意識似乎受到刺激，他坐立不安起來。

「我去看看。」

總算走了，伊昂鬆了一口氣。他想要打開自己租用的置物櫃讀那張剪報，從背包取出鑰匙來。鑰匙上面附著寫有「38」的黃色塑膠牌。

伊昂因為銅鐵兄弟現身，想要確定一下自己的過去，那天房子出了什麼事？伊昂完全沒有被知會，只知道突然有陌生的大人闖進來，然後伊昂一群人就被送進兒保中心了。

伊昂正要打開三十八號置物櫃時，客人進來了。是兩個當遊民很久的中年男子，一個人到裡面的置物櫃室翻找衣物，另一個好像在算錢，蜷著背專心數鈔票。伊昂回到桌邊，別開視線假裝漠不關心。

兩人離開後來了個女客。這陣子天氣一直很冷，很多遊民過來拿換季衣物或家當。好不容易女人回去，又換最上回來。他手中拿著裝奶油濃湯的紙杯，好像是便利超商買來的。

「伊昂，我找過了，可是沒看到人。」

最上把冒著蒸氣的杯湯放到伊昂前面。

「這麼貼心。」

伊昂沒有道謝，最上也沒有責怪。他滿腦子惦記著新來的街童吧。

心不在焉的最上把塑膠湯匙一併遞過去，伊昂立刻攪拌起來。奶油湯裡黃色的玉米粒若隱若現。他口水直淌。冷冰冰的身體渴望熱呼呼的飲品。

「凱米可說是怎樣的街童？」最上問。

「我也看到了。是一對兄弟，弟弟很囂張。」

最上聽到伊昂也看到了，似乎嚇一跳。

「你怎麼不早說？這跟囂不囂張沒關係吧？」

最上一臉嚴肅地生氣。伊昂意外地發現最上是個急性子的人。

「少在那裡裝正義使者了。那你幹嘛不一開始就問我知不知道？」

最上搖搖頭嘆息。可能是不中意伊昂的說法吧，最近伊昂已經可以觀察出最上的心理變化了。

「那我問你，他們是怎樣的孩子？」

「小學五、六年級吧。穿著一身黑的運動服，很冷的樣子。」

最上抄寫在記事本中。

「然後好像是雙胞胎。」

瞬間最上似乎屏息了，或者只是心理作用？難道最上知道銅鐵兄弟嗎？伊昂硬是按捺一股想問的衝動。他不想反過來招惹最上探問。

「那我再去一次。」

伊昂喝光奶油湯的時候，最上離開了。身體總算暖和起來的伊昂，過不了多久眼皮就垂下來，不知不覺間，他已經趴倒在桌上睡著了。

伊昂就像打瞌睡時常有的狀況那樣，作了許多古怪的夢。出現在夢中的依然是銅鐵兄弟，兩人就和小時候一模一樣。夢中的伊昂雖然覺得不可思議，卻又懷念極了。

他們那雙眼角上揚的大眼顯現出比別人更倔強、聰慧的性質。被太陽曬黑的膚色完全相同，兩顆門牙特別碩大，還有左頰上的黑痣等等，也都一模一樣。兩人都穿著夏天常穿的牛仔五分褲和橫條紋T恤。

十五歲的伊昂俯視著十一歲的銅鐵兄弟，心卻回到八歲。

「好久不見了，伊昂。」

兩人同時說話，伊昂高興得都快昏倒了。

「真高興見到你，伊昂。你一直都在做什麼？」

「我在澀谷生活。」

「自己一個人嗎？」

「嗯，自己一個人。」

「真了不起。不過你放心，我們來了。」

「可以放心了。」

咦？伊昂詫異。兩人說話的聲音有點落差。以前兩人是一字一句同聲說話的。

伊昂有點失望，比較兩人的長相，結果其中一人變成了最上。最上一下子長高。伊昂大叫：

「不是最上啦！」

「不，我們是銅和鐵。」

最上一本正經地反駁。伊昂生氣地揮拳毆打最上，結果最上按住了伊昂。伊昂被架住，那種壓倒性的力量，是他在兒保中心經驗過好幾次的教官的力量。伊昂覺得他終於識破了最上的真面目，在夢中瘋狂掙扎。

突然間，桌子猛地一震，聲音把伊昂嚇醒。天這麼冷，他的背卻淌滿了汗，幸好置物櫃店裡沒有客人，打瞌睡的事沒人發現。而且才十一點半而已，距離手槍婆回來還有點時間。

伊昂鬆了一口氣站起來。去入口旁邊的小洗手間洗手，順帶看看自己倒映在灰霧鏡子裡的模樣。細小的下巴、尖尖的鼻子，都是營養不足的證據。因為一陣子沒剪頭髮，頭髮變長了。

「啊啊，如果還有另一個我就好了。」

伊昂用手觸摸鏡中的自己。如果就像銅和鐵那樣，還有另一個一模一樣的自己，兩個人一起生活，那該有多棒。每個人都會注意我們、喜歡我們。如果是兩個人，晚上就不可怕了，而且彼此幫助，街頭生活一定也不算什麼。

為什麼自己不像銅鐵兄弟那樣是雙胞胎呢？伊昂深深地感覺到自己的不完全，他想要另一個自己。

伊昂走出洗手間，怔在原地，突然覺得哪裡怪怪的。有種忘記什麼事的不適。

忽然間，他看到大開的櫃門。附在鑰匙上的黃色圓形數字牌搖晃著。三十八號。是我的置物櫃！伊昂慌忙跑過去，櫃門被打開，裡面全空了。裝著現金和剪報的信封和漫畫全都不見了。伊昂拚命回想。剛才他掏出鑰匙的時候，客人跟最上來了，所以他擱在桌上了嗎？

最上、兩個中年遊民、女客，然後又是最上。最上給了他湯喝，然後他打瞌睡。有人趁著伊昂睡著的時候發現桌上的鑰匙，打開置物櫃偷走那些他千辛萬苦攢下來的錢，還有剪報。伊昂茫然佇立。

店門猛地打開，手槍婆隨著冷風現身。她好像買了午餐跟宵夜，提袋裡露出韓國煎餅和飯團的包裝。

「怎麼啦？出了什麼事嗎？」

不愧是手槍婆，眼光很利。她好像察覺什麼異狀。伊昂猛烈搖頭，手槍婆狐疑地盯住他的臉，然後檢查店裡。伊昂假裝若無其事地說：

「好了，給我工錢吧。我肚子餓，要回去了。」

「可以是可以，真的沒出什麼事吧？你臉色很差唷？」

手槍婆碎碎唸著，從錢包裡掏出九枚百圓硬幣，放到他的掌心。

九百圓，這是自己全部的財產了，伊昂差點哭出來。昨天的幸福感消失無蹤，他覺得無比窘迫，心想如果不珍惜使用這九百圓，就要完蛋了。

「我明天也可以來嗎？」

自然而然地，伊昂對老太婆也變得卑躬屈膝。

「嗯。別遲到啦。」

伊昂鬆了口氣，走下大樓的階梯。只是稍微打一下瞌睡就變成這樣，真教人難以置信。突然之間，他湧出一股疑惑，他陰險地懷疑會不會是最上偷走的？

他覺得最上絕對不會做出這種事，但他不是總說想知道伊昂的過去嗎？如果看到那張剪報，最上一定會很高興。

再說，或許最上對於伊昂丟掉他的相簿還懷恨在心。伊昂在澀谷街頭晃蕩，尋找最上。

原本放在置物櫃裡的報紙，是「姊姊」塞勒涅在兒保中心狹小的運動場角落，生鏽的單槓前給他的。七年前的事了，塞勒涅躲過教官和高年級生的耳目，飛快地把一張皺巴巴的紙塞進伊昂手裡。

伊昂看看那張疑似報紙社會版的小剪報，但他看不太懂，上頭全是漢字。

「這是什麼？」

「上面寫著我們的事。」

塞勒涅避免和伊昂對望，悄聲呢喃。因為兒保中心禁止兒童之間交換物品。

「妳不要了嗎？」

塞勒涅迅速點點頭：

「我已經讀過，不用了。記起來了。」

「上面寫什麼？」

「自己看。」

塞勒涅似乎不想說。然後隔天她就逃脫了，所以伊昂一直珍惜地帶著它。沒想到現在卻因為一時疏忽而失去了它。啊啊，沮喪到家了。心情一委靡，就會讓伊昂痛感自己過的是多麼岌岌可危的生活。

露宿街頭的人一旦怯弱沮喪，一眨眼就會被飢餓、寒冷與孤獨吞噬，然後絕望趁虛而入。這麼一來就毀了，做什麼事都提不起勁來，只能等著送命。伊昂看過太多這樣的大人了。

5

伊昂失去信心地仰望冬天的太陽。廢氣染得一片污濁的空氣如圓頂般籠罩著澀谷街頭，不讓陽光輕易透過。不，唯獨今天，伊昂覺得陽光不肯眷顧自己。伊昂將凍僵的手硬是塞進牛仔褲口袋裡。因為體格成長，衣服變緊。袖子和褲管長度也都不合了。可是他身上只有九百圓，連衣服也買不起。

待在代代木公園村時，可憐伊昂的遊民會把不要的衣服送給他，或是彼此各出資一點買衣服給他。可是伊昂離開了公園村，也脫離了遊民的共同體。最上和凱米可擔心的就是這種情況。一個人生活是自由自在，我行我素，然而一旦落入窮境，也沒有人願意伸出援手。

伊昂走投無路，在攤販林立的千代田稻荷神社前的小巷徘徊。他凝目尋找那對街童跟最上，卻沒發現他們的蹤影。

攤商討厭遊民在附近閒晃。他們一看到伊昂，就故意開始打掃商品，或是用懷疑他要偷東西的眼神凶狠地瞪他。平常的話，就算攤商對他凶，他也不在乎，但今天的伊昂脆弱不堪，腳步自然變快了。

攤販角落有一家賣雜誌和漫畫的地方，甚至連店鋪也稱不上，只是把書和雜誌雜亂堆在桌上販賣罷了。

認識的男子坐在摺疊椅上看商品的週刊雜誌。伊昂走到他前面詢問：

「叔叔，你看到了今早在這裡的兩個孩子嗎？」

男子不答，直盯著彩頁上美得驚人的海景照片。

「他們穿運動服，在附近遊蕩。你有看到嗎？」

男子卻充耳不聞。不久後，男子向站著翻閱女性雜誌的年輕小姐搭訕：

「小姐，這海很漂亮吧？我去過呢。」

大寒天中，年輕女子卻穿著短熱褲，白色的腿上冒著點點雞皮疙瘩。女子匆促地瞥了書頁一眼，發現男子沒有對她看白書而生氣，似乎鬆了一口氣。她用一種沒什麼勁的聲音敷衍道：

「真的？好厲害唷。」

男子高興地答道：

「真的真的。這裡叫蘭卡威，真是懷念吶。我以前在出版社工作，出差去過那裡呢。那裡是真正的樂園吶！」

男子那種彷彿伊昂根本不存在的態度讓他感到屈辱。賣東西的時候笑臉迎人，如果不買，連理都懶得理是嗎？

伊昂再次失去自信。只會礙事的自己，究竟哪裡才是他的落腳處呢？回去澀谷宮殿的話，銅鐵兄弟或許正等著他。可是他弄丟了可以說是「兄弟」信物的報紙。孩提時代的記憶如果不靠別的東西來補強，伊昂就回想不起來。自己捅了這麼大的婁子，銅鐵兄弟會可憐他嗎？

伊昂悄然走向代代木公園村。最上是「街童扶助會」的澀谷地區負責人，一定會去最大的街友聚集地代代木公園村露臉。

可是搬到澀谷宮殿以後，他已經一星期沒去代代木公園村了。他實在提不起勁。伊昂沒有向照顧他的大人招呼一聲就離開公園，因為他不想被人追根究柢地探問他要去哪。在這個世界，自己的行為形同是忘恩負義。這種時候，最上的教誨讓他刻骨銘心。

「謝謝、對不起。這兩句話對謀生應該會有莫大的助益。」

這麼一想，最上就是凶手的疑念也變得荒唐可笑。最上不總是處處幫助著伊昂嗎？但是想起最上在夢中壓制伊昂的蠻力，他又覺得搞不懂這個人了。大人有三種，而自己把最上歸類為「好心的大人」是不是過於天真了？最上會不會就像他在兒保中心已經看過太多的那種，表面上站在孩子這邊，其實卻會滿不在乎地背叛的「不好不壞」的大人？最上是不是根本不能信任？不管再怎麼用力甩開，黑暗的疑念依舊泉湧而出，讓伊昂覺得疲累。

代代木公園村為了不斷增加的遊民，開放公園西側的停車場。蓋著藍色塑膠布的紙箱屋櫛比鱗次。

停車場內不見人影。由於今年冬季最強的一波寒流來襲，每個人都躲在屋裡避風，裹著毛毯等待食物發放。

他看到媽咪們的「聚落」了。近三十個大小不一的紙箱屋占據鄰近公廁的黃金地段，她們依然沿用著初代領袖亞美香占領的地點。不過要維持這個地點，必須在遊民間的鬥爭中贏得勝利才行。這也是凱米可的實力。伊昂自然地尋找起凱米可的身影來。

穿得胖嘟嘟的女人們在墊子上圍成一圈看顧孩子。有人放任搖搖學步的孩子玩耍，自己叼著菸，也有人背著嬰兒。每個人都像凱米可一樣染髮，眼神凶悍。

「凱米可在嗎？」

伊昂問，一個穿著軍用外套，頂著紅色龐克頭的女人瞪他一眼。她看起來只比伊昂大幾歲而已。

「你誰啊？誰准你直呼凱米可的名字？」

「叫凱米可大人！」

其他女人同聲威脅，這個女人眼皮和鼻翼都穿了環。

伊昂不想和媽咪們為敵，老實道歉。正用手指慢慢地為小女生梳理頭髮的年長女人伸出右手指示。

「對不起。」

伊昂看到滿是枯櫻的小丘上，凱米可正和一個高個子男人在說話。黑色風衣和眼鏡，是最上。凱米可背對這裡，看不到她的表情。兩人看起來像在爭論，最上卻一臉開心。

總算找到最上了，伊昂卻不知為何感到心痛。他覺得只有自己一個人遭到排擠。他想和最上說話嗎？還是想找凱米可？還是兩邊？

不曉得。伊昂從來沒有像現在這樣寂寞過，自從銅鐵兄弟現身以後，一切都變了調。

伊昂默默地看著兩人，最上注意到他，向他揮手：「嘿，伊昂！你怎麼了？」

伊昂悶不吭聲。是不是不能打擾他們？他猶豫著不敢走近。最上和凱米可兩個人看起來就是聊得這麼開心。

「來這邊呀！」

最上向他招手，伊昂喘氣跑上被枯草覆蓋的小丘。小丘上是一片廣場，一個牽著大黑狗散步的女人看到伊昂一身破爛模樣，逃之夭夭地離開了。

這座巨大的公園有個不成文的分區規定。街友的地盤集中在西側停車場附近，不太會靠近廣場。伊昂懷著沉鬱的心情，再次仰望一片灰暗的太陽。

凱米可叼著菸，輕輕向伊昂舉手。凱米可那銳利的眼神就像看透伊昂的變化似地閃爍著。伊昂垂下頭去，不想讓凱米可看出自己變得軟弱。

「打工結束了？」

最上絲毫沒有察覺的樣子，柔聲問道。伊昂點點頭。

「明天呢？」

「她說可以再去。」

「那太好了。」

最上高興地笑，摩擦凍得發白的雙手。

「你們兩個在聊什麼？」

伊昂問凱米可。凱米可同時吐出香菸的煙與白色的呼息，一樣默默無語。最上回答：

「那兩個街童好像離開了，我們正在商討對策。我拜託凱米可如果發現他們，希望媽咪們可以先暫時收留，等我來接。」

先前凱米可明確地拒絕了，所以或許是在商量這件事。可是明明是相互對立的兩人，卻有一股親密的氛圍。

「還有阿昌那些住在公園村的街童問題。」

「我說不用暫時安置幹嘛的，應該直接把他們扔進兒保中心才對。」

凱米可開口說。伊昂反駁凱米可：

「為什麼妳要說這種話？明明妳也是從兒保中心逃出來的啊。為什麼妳就想把我們扔進兒保中心？」

「我不是在說你，伊昂。我是說像阿昌那種沒辦法獨立求生的軟弱孩子應該快點進兒保中心才是。就是有街扶會這些NGO不負責任地救助小孩，反而會讓他們沒辦法自立。」

凱米可決絕地說。軟弱的孩子，那會不會其實是在說伊昂，而不是阿昌？伊昂今天的挫折對他如此呢喃。

「可是沒有多少孩子可以自力求生。」最上說。

「這兒不就有一個嗎？堅強的傢伙。」

凱米可笑著指伊昂說。伊昂困惑地怔住了。

「是啊，伊昂是個不折不扣的堅強孩子。」

最上同意。他們持續談論這個話題，伊昂突然感到痛苦了起來。沒有人發現自己已經變了，變得軟弱。沒有人發現自己不安又寂寞，明明他已經不堅強了。

伊昂以沙啞的聲音懇求凱米可：

「凱米可，不好意思，妳可以離開一下嗎？我有話要跟最上說。」

凱米可臉色不悅地一沉，舉起挾著菸的手。她手上的「I LOVE CHEMI」的刺青被白色毛線手套遮住，看不見了。

「礙到你說話，不好意思唷。」

凱米可拱著肩，朝著媽咪們的「聚落」跑下小丘。最上注視著她的背影。伊昂看到他眼神中的遺憾，一口咬定說：

「最上，你愛慕凱米可是吧？」

最上吃驚地轉頭說：

「你有時候會用些深奧的詞彙呢，像是『權宜』、『愛慕』。」

「都是從你給我的漫畫學來的。你愛慕她嗎？是嗎？」

伊昂審問似地追問。最上側著頭思考了一下，坦白地回答：

「是啊。我喜歡她，覺得她很棒，這就叫作愛慕吧。」

「還想再見到她？在意她？想跟她說話？」

最上一次又一次點頭。

「那就是喜歡。這話可是你自己說過的。而且你說你喜歡我。」

伊昂嘲笑說。最上之前說過：「喜歡就是在意一個人，還想再見到他，跟他說說話，心裡總想著他。」

「我是喜歡你啊。」最上毫不猶豫地同意。

「可是你也喜歡凱米可吧？」

「我喜歡凱米可，也喜歡阿昌，也喜歡鈴木。」

伊昂一陣惱怒。凱米可也就算了，伊昂不想被拿來跟阿昌或鈴木相提並論。

他以尖厲的聲音說：

「最上，你開了我的置物櫃嗎？」

最上啞然似地半張著嘴，然後蹙起眉頭。

「開你的置物櫃？你在說什麼？」

「我打瞌睡的時候，有人開了我的置物櫃，拿走裡面的錢、漫畫，還有重要的東西。」

伊昂不能說出那重要的東西是報導了他們「兄弟姊妹」的剪報。最上臉色乍變。

「你的意思是，你懷疑我偷你的東西？」

最上難以置信似地粗聲說道。最上雖然人很好，卻是個急性子。他顯然暴跳如雷。

「我只是問問。」

「不，你會這樣問我，也就是把它說出口，表示你明確地懷疑我，我說的不對嗎？」

伊昂這才想起最上是個愛講道理的麻煩傢伙，但為時已晚了。

「我怎麼可能去偷觀護對象的東西！」

上。

最上似乎相當惱火，他放下背包，打開拉鍊，然後用力把裡面的東西全抖到枯萎的草皮上。

「伊昂，你看，喏，你自個兒看！」

便條紙、手機、小筆電、口袋書、總是戴在頭上的毛線帽、水壺、錢包。

「知道了啦。」

伊昂受不了最上那激動的模樣，蹲下身來。

「伊昂，向我道歉。」

「不好意思啦。」

「不是不好意思，是對不起！」伊昂預期最上會這樣說，然而最上只是把倒出來的東西收回背包，悲傷地咬住下唇。一次又一次呢喃著「真想不到啊……」最上俯著頭問伊昂：

「被偷的錢有多少？」

「大概四千吧。」

「漫畫有幾本？」

「五本。那是我最重要的東西。」

那是伊昂的寶貝。一想起來，伊昂眼淚都快掉出來了。

「那你說的重要的東西是什麼？」

「以前的東西，你會想要知道的東西。」

最上赫然一驚似地抬頭看伊昂的眼睛。

「我知道了，所以你才會以為是我偷的吧？的確，你是個神祕的孩子，我一直覺得很不可思議，納悶你究竟是從哪裡來的？你的適應能力高得異樣，而且聰明，也不害怕孤單。我一直覺得你就像個外星人，對你很感興趣。你因此才會懷疑我啊，我明白了。可是我沒有偷你的過去，我沒有像你那樣偷走別人的相簿丟掉！」

伊昂心口一陣劇痛。「等一下！」最上制止，但伊昂甩開他，跑了出去。

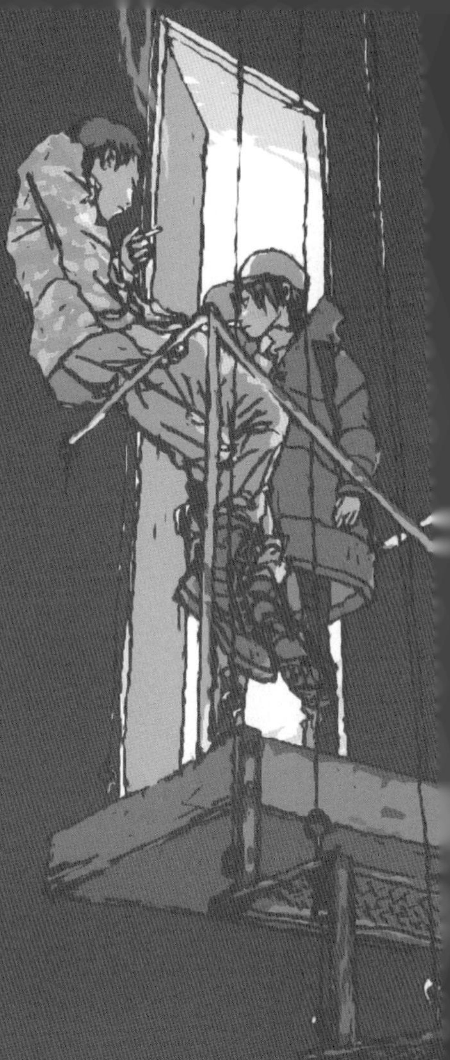

第三章 戰區

1

伊昂餓著肚子，慢吞吞地從青梅街道的柏油路面往西移動。稍不注意就會絆到脫落的磚塊，或是一腳踩進洞穴裡跌倒。近十年來，都內的馬路可以說幾乎完全沒有修護。

腳步會如此沉重，不光是糟糕的路況和飢餓所致。死亡比鄰而居，伺機而動的恐怖和無依無靠的孤獨與絕望，將伊昂變成了一個悲淒的少年街童。

由於飢餓，伊昂不住地眩暈。他抓住天橋的支柱喘了一口氣。支柱上貼滿貼紙和傳單，下方暗處則雜亂地堆著保特瓶和家庭垃圾。伊昂注意到支柱上貼了一張小小的手繪海報。

萩窪友愛教會　每週六為食物發放日

任何人皆可參加

十三時～十五時

伊昂看到這張海報雖是巧合，但他正是聽說這個慈善廚房活動，才會從澀谷大老遠走來萩窪。路程約十公里，他以為出發時間絕對來得及，但自己比想像中的更不耐走，這會兒冬天的太陽都已經來到頭頂。何止是頭頂，隨時都要往下落了。

「這不是伊昂嗎？真巧。」

是金城露出缺了牙的牙齦冷不防地朝著他笑。長長的頭髮雜亂糾結，骯髒的衣領敞開，露出滿是污垢的皮膚。

碰到討厭的傢伙了。儘管這麼想，現在的伊昂卻沒有力氣趕走金城。

「怎麼啦，伊昂？你看起來怎麼軟趴趴的？感冒了嗎？」

金城嘴上說得像在關心，表情卻喜孜孜的。

「我沒事。」

伊昂勉強挺起胸膛，裝出有精神的樣子。

「沒想到會在這種地方碰到你，你住在這一帶？」

「是啊。」伊昂曖昧地答道。金城狐疑地觀察伊昂的模樣。金城是被趕出代代木公園的，就算他想探聽什麼，也不會有人理他吧。

「你該不會也要去教會領食物吧？」

金城指著支柱的海報說。伊昂老實點頭。

「是啊，可是我不知道教會在哪裡。金城，你可以帶我去嗎？」

金城持續怪笑，打量著伊昂。

「你是怎麼啦？態度跟上次差很多唷？」

他是說一星期前在普樂多公園的慈善廚房時，伊昂不讓金城插隊的事。

「那個時候對不起啦。我不會再那樣了。」

伊昂道歉。

「不會再哪樣啊？」

金城露出愉快的笑，但他的眼神讓人感覺凌厲、卑賤與瘋狂。

「你是出了什麼事啊？聽說最上在整個澀谷布下天羅地網，拚命地找你。你幹了什麼好事？」

伊昂可以輕易猜到最上一定會卯起來找他。最上責任感那麼強，一定無法原諒自己情緒化對待「觀護對象」的行為吧，可是最上也沒有原諒扔掉相簿的伊昂。明明伊昂就照著最上說的道歉了，他以為最上已經原諒他了，其實並沒有嗎？他覺得被最上背叛了。而且伊昂完全不認為最上失去相簿，跟自己失去剪報可以相提並論。最上的過去，不是還保留在父母和妹妹這些人際關係裡嗎？而自己卻是一無所有了。

伊昂放棄思索，選擇逃離最上。因為不肯原諒他的大人，是「壞心的大人」。

考慮到會碰見最上，伊昂不得不放棄置物櫃店的打工。手中剩下的一點錢就像烈日下的積雪般，一點一滴地消失。

三天前錢終於見底的時候，伊昂在便利商店附近尋找被丟棄的便當，或試圖闖進公寓的垃圾場。可是每個地方都管得很嚴，伊昂沒能得逞。離開熟悉的澀谷街道一步，伊昂的求生能力就大幅減低了。

「伊昂，快點過來啊。萬一排不到怎麼辦？」

金城受不了慢吞吞的伊昂吼道。伊昂死了心說：

「你先去吧。」

「你以為我會丟下你嗎？是誰拜託我帶他去的？」

金城粗魯地拉扯伊昂的手臂。金城的眼神發直，口角流涎。天氣這麼冷，他卻能滿不在乎地敞著胸脯，會如此異樣地精力十足，或許是因為他嗑了藥。

金城亢奮的模樣讓伊昂害怕，卻沒有體力甩開他，只能任由他拖行。三天以來，伊昂吃進肚子裡的，只有冰到幾乎要把喉嚨凍僵的公園自來水而已。

「白痴，你以為我真的會帶你去啊！」

金城突然放手一推，伊昂一屁股跌坐在柱子底下的垃圾堆裡。金城從缺了門牙的齒縫吐出口水嘲笑他：

「我要先走了。你的份我會幫你吃掉，你來也是白來！」

伊昂望著金城遠去的背影，勉強站了起來。

一個小時後伊昂才到教會。沒看到金城，食物發放已經到了尾聲。伊昂急忙排到隊伍最後。前面的男人似乎已經排過好幾次，一臉滿足樣，教人羨慕死了。

終於輪到伊昂了，看到食物，他吐出放心的嘆息。跟普樂多的慈善廚房不同，教會發放的食物誠意十足：豬肉蔬菜味噌湯、什錦飯、炸雞塊、番茄沙拉、蜜柑。光是看到味噌湯的蒸氣，伊昂的胃就嚇得緊縮成一團。而且教會的人允許他們待在溫暖的室內用餐。嘴唇碰到熱呼呼的味噌湯時，淚水禁不住奪眶而出。眼淚沿著伊昂凹陷的臉頰掉進湯裡。

吃完久違的溫熱餐點，伊昂飽著肚子走到外面。幾小時以後，馬上又會肚子餓了吧？伊昂想到立刻又要為飢餓所苦，覺得活著根本空虛到極點。

冬陽即將西沉。在寒風席捲中，伊昂踏上即將日暮的青梅街道。

「小哥，這個給你。」

貌似遊民的老人遞出一只塑膠袋。裡面裝著兩顆飯團。

「你餓了吧？吃吧。」

「謝謝你。」

伊昂把身體彎成一半行禮。

「你剛才喝味噌湯的時候都哭了。我也經歷過，凍得快死的時候，熱呼呼的湯真的是好喝得要命吶！」

伊昂一次又一次點頭，臉頰都已經濕了。自己是怎麼了？淚水就像小便洩洪似地流個不停。伊昂邊走邊用袖子擦眼淚，覺得自己變回了年幼的孩子。

回到澀谷宮殿附近的時候，太陽已經完全西沉。明天靠著飯團可以勉強度過，可是後天呢？再隔天呢？伊昂發抖，他清楚地體會到阿昌的絕望。想起今後永無休止的苦難，他怕得不得了。然而自己為何對阿昌那麼冷漠？一想到阿昌現在正窩在最上的公寓對最上撒嬌，伊昂沒來由地難過起來。注意到時，自己又哭了。

一輛黑色的高級進口轎車駛來，停在伊昂旁邊。車窗無聲無息地降下，飄出一股他從沒聞過的香味。一隻又細又白的手伸了出來，那隻手把一萬圓鈔票塞進伊昂凍僵的黑手後，車子就一眨眼地開走了。伊昂過好久才發現自己被人施捨了。

難以置信。白天餓得都快動彈不得，黃昏時卻吃得飽飽的，身上有飯團，手中還握著萬圓鈔票。直到剛才還在抽泣，這變化大到伊昂都想捏捏自己的臉頰，確定是不是在作夢。

伊昂慌忙掃視周圍，不過忙碌地行經十字路口的人看也不看伊昂。迎接前所未見的寒冷年底，路人的眼神都一樣尖銳，沒有半點寬容。因為走在路上的全是些窮人。

有錢人都是開車。剛才施捨他一萬圓的賓士車，不也一下子就消失在松濤的豪宅區了？對方是出於有錢人特有的一時興起，才會想要施捨哭泣的少年遊民嗎？

不過奇特的有錢人怎麼想不重要，總之命暫時是保住了——就靠著這麼一張小紙片。伊昂鬆了一口氣，同時也對自己失望。因為他發現自己的沮喪絕望，其實絕大部分都是來自於窮困。他實在不懂自己這個人究竟是堅強還是脆弱。

伊昂繞到餐飲大樓後面的小巷，靠著疑似廚房的窗戶透出來的光線端詳萬圓鈔票，看過次數都可以數得出來的萬圓鈔票。有錢人的鈔票跟伊昂平常看到又舊又皺的鈔票完全不同，筆挺得幾乎可以把手割破，連條折痕也沒有。

有錢人領到的都是新鈔嗎？他曾經聽說，不管買的東西有多麼少，有錢人都是用信用卡付帳，所以他們昂貴的錢包裡絕對不可能放進別人摸過的髒錢。伊昂聞聞新鈔的味道，有一種很有價值的氣味。我該用這張鈔票做什麼？我想做什麼？平常的話，伊昂會反射性地想到吃，但一旦有了餘裕，也會遐想起其他事情來。原來我也有欲望啊……伊昂想要嘲笑自己。

伊昂立刻往千代田稻荷神社前的國際市場走去。入夜以後，即使是最上也會回家。遊民也不會前往危險的鬧區，而是關在自己的紙箱屋或帳篷裡。伊昂判斷應該不會引人注目。即使如此，他還是小心翼翼，挑選暗處移動。

伊昂在櫛比鱗次的二手衣物店挑了一間印度年輕人開的店。他把標價一千五百圓的成人羽絨衣殺到千圓買下來。羽絨衣尺寸大到可以裝得下兩個伊昂，不過晚上這樣也可以拿來當棉被，令人開心。

伊昂得意洋洋地用萬圓鈔付帳時，感覺在只有零錢轉來轉去的市場隱約掀起一陣動搖。

伊昂急忙把厚厚一疊的千圓鈔塞進口袋。市場有很多熟人，而且靠近置物櫃店，不能久留。就在他要跑走時，有人叫他：

「喂，小哥，算你便宜，買幾本漫畫再走吧。」

是角落的舊書攤。上次老闆明明就對伊昂不屑一顧，伊昂還記恨在心，沒有理他就跑走了。

他得意地披上剛買的羽絨衣往代代木方向走去。羽絨衣裡塞了許多羽毛，禦寒度百分百，那種暖意讓凍僵的身體簡直像要融化了似的。這下子防禦力增加，應該可以順利熬過冬天吧。

這件羽絨衣的物主原本是個什麼樣的人呢？伊昂聞聞袖口，有股淡淡的整髮劑香味。伊昂忽然想起最上。因為最上也穿著一樣的黑色羽絨外套。可是這件很大，或許是體格魁梧的外國人穿的。衣服上的香味也是他從沒聞過的味道，如果自己是出生成長在那樣遙遠的國度就好了，那種就連最上也沒去過的國度。伊昂折起袖口，陶醉在幻想中。

伊昂去代代木車站前的投幣式淋浴間排隊。寒風中有十個公寓沒浴室的窮學生、勞工和遊民默默排著隊。

淋浴間裡充滿了異樣的霉臭味，而且短短七分鐘就要兩百圓。可是用熱呼呼的水溫暖凍僵的身體，對露宿街頭無家可歸的人而言是最大的奢侈。離開兒保中心以後，伊昂洗澡的次數用一隻手都可以數出來。靠著淋浴稍微暖和的身體，有厚厚的羽絨外套保護，伊昂渾身充塞著滿足，甚至忘了剛才還窩囊得哭泣的事。

伊昂用五百毫升的保特瓶汲了公園的水回到澀谷宮殿。裡面沒有變化。他潛進宴會廳後面當成基地的休息室，用手電筒試著閱讀撿來的報紙，但在溫暖的羽絨衣包裹下，伊昂在不知不覺間沉沉地睡去。

2

隔天早上，伊昂好像聽到許多人的腳步聲，因而醒過來。從外頭的光線判斷，大概是上午十點左右。

銅鐵兄弟總算來迎接他了嗎？伊昂跳起來，但腳步聲有好幾個人。而且聲音在建築物各處作響，感覺像是有許多人進入建築物中調查什麼。終於要展開拆除工程了嗎？

伊昂收拾身邊的東西，躲進櫃子深處。他打算看時機溜出去。許多人在走廊來來去去，沒多久便有人開門走進來，發出踢坐墊的聲音。一定是掀起了漫天灰塵，伊昂聽到咳嗽聲。

「沒有異常。」

報告的聲音很年輕。建築物各處傳來報告聲和粗魯的腳步聲。從頭到尾都有敲釘子般的咚咚聲作響。腳步聲不僅遲遲沒有離去，還偶爾會跑來跑去，加上怒吼聲，整個宮殿一下子變得鬧哄哄的。

究竟過了多久呢？伊昂忍耐著櫃子裡灰濛濛的空氣，在黑暗中吃了冰冷的飯團，喝保特瓶的水。他豎起耳朵聽著，某處傳來年輕男人的哄笑聲。

好像不是來拆房子的。萬一是放火的怎麼辦？如果遭縱火，伊昂可逃不掉。

伊昂突然害怕起來，推開櫃門觀察休息室的情況。伊昂拿來當床睡的坐墊散落各處。是剛才進來的年輕男人踢亂造成的吧。

聲音一下子不見了。外頭傳來踩過枯草的沙沙腳步聲，還有細微的吵嘈聲。人終於離開。

伊昂穿上羽絨外套，拿起家當。萬一出了什麼不妙的事，他打算就這樣逃走。

他從走廊看外面。沒有腳步聲，也沒有人聲。鬆了一口氣，跨出腳步，結果腳底一滑，險些跌倒。走廊上撒了滿地的白色小東西。是塑膠製的圓形物體。這是什麼？伊昂撿起幾個放在掌心端詳。然後握在手裡，朝大廳走去。

伊昂不經意仰望畫有銅鐵兄弟的壁畫，由於過度驚愕，大聲叫了出來。伊昂後來畫上去的小人圖樣，還有「伊昂在這裡」的訊息被塗成一片黑。

伊昂覺得自己的心意被徹底抹殺，怔在原地。原本的亢奮一下子被斬斷了，無處排遣的深切期待在伊昂體內反彈、倉皇來去。

突然間，背後響起一道壓低的聲音：

「Freeze。」

什麼？伊昂回頭，一把長槍抵住了他的頭。

伊昂茫然。槍很可怕，但架著槍的男子風貌更是前所未見。枯草般雜亂的長髮垂在頭上，直蓋到胸口。底下是迷彩花樣的戰鬥服，臉上戴著全罩式護目鏡，根本看不出長相。

「出去，這裡是我們的戰區。」

護目鏡裡傳來模糊的聲音。

伊昂被槍抵住，既害怕又混亂。他呆呆地看著槍口。

「雙手舉起來。」

枯草怪物把指著伊昂腦袋的槍口移到胸口說。伊昂赫然回神，揮起手來：

「住手！不要開槍！」

男子以冷靜的口吻重複：

「雙手舉起來。」

伊昂慌忙舉手的時候，白色的小物體從掌中撒落下來。是剛才在走廊上掉了一堆，他撿起來握在手裡的。男子眼尖地看到說：

「你撿ＢＢ彈幹嘛？」

伊昂吃了一驚，望向自己撒出去的物體。這就是ＢＢ彈嗎？他第一次看到真的ＢＢ彈。一樣是少年遊民的鈴木以前曾經說過，有一群人會用模型槍和ＢＢ彈玩戰爭遊戲。尤其是住在地下的地下幫，有許多這種遊戲的愛好者。

「你也在臨戰中？」

「不是。」

伊昂否定。他知道那是模型槍，就要把手放下來。這滿頭枯草也是為了變裝而戴上去的吧。一群喜歡戰爭遊戲的傢伙在廢墟的宮殿裡面打起仗來。伊昂還那樣屏氣凝神地躲起來，真蠢。

「誰准你把手放下來的？手舉著。你是什麼人？」

男子的聲音響徹整個大廳。伊昂不情願地舉手，一股怒意油然而生。

「你才是什麼人？怪模怪樣的，是在玩戰爭遊戲嗜？」

男子以模糊的聲音匆匆地說：

「遊民小孩是吧。快滾回公園。」

「雖然穿成那樣，但你也是遊民吧？你才滾回去咧。」

「我是軍人，不是遊民。」

伊昂不耐煩，用運動鞋的鞋底踏住幾顆ＢＢ彈。他以為這種假槍嚇得了人嗎？教人氣憤。

「擅自闖進我家，少在那裡臭屁地命令。該出去的是你們。」

「這個地點被我們『夜光部隊』接收為戰區了。戰區只有武裝者才能進入，滾出去。」

「這裡是我先找到的，你們才滾出去。」

「這裡不是你家，你也沒有住這裡的權利。證據就是那張圖。我們的部隊接收的地點一定都會畫上那張圖，可是那個時候你沒有阻止那張圖被畫下。」

男子以槍口指示畫在牆上的銅鐵兄弟。

「我碰巧不在，有什麼辦法？」

伊昂吼道。他回頭望向被抹掉的部分，不甘心極了。

「倒是你們，幹嘛塗掉我的訊息？那是銅鐵兄弟給我的通知，所以我才寫上訊息，你們怎麼可以隨便塗掉？」

「你這小鬼腦袋有問題啊？」

男子嘲笑。

「才不是。那張圖是畫給我的，是我『兄弟』銅鐵給我的訊息。你們為什麼塗掉我寫的話？」

「聽不懂你在胡言亂語什麼。你別太目中無人了，要我拿子彈射穿你那小小的眼珠子嗎？我馬上就能讓你瞎掉。」

男子再次用槍瞄準伊昂的臉，伊昂反射性地用手護住。雖然是模型槍，但被瞄準臉部還是很可怕。如果這個人真的是地下幫的一員，或許會覺得幹掉一、兩個遊民根本不算什麼。

地下幫自稱「地下街的保安隊」，向各店家索取保護費。他們的做法很蠻橫，如果店家拒絕，就會進行手法高明的騷擾行動。比方散播不好的傳聞、對車子動手腳，或是在店家鐵門或牆上用難以清洗的油漆塗鴉。塗鴉很難清除，而且清除也要花錢，所以據說最近的地下幫主要都是以塗鴉做武器。

而且他們有自己的規矩，絕對不會騷擾地下街的乘客或顧客。如果對客人動手，等於是跟警察和鐵路公安為敵。

地下幫聚集在地下停車場的暗處或無人知曉的窪地，一到晚上就不知道消失到哪裡去。傳聞中，他們對連接地下鐵、高樓大廈地下室、都市地下隧道以及人孔蓋瞭若指掌，四處移動，在裡面生活。

其中也有許多人染有毒癮，很多藥頭都是來自地下幫。他們瞧不起公園村那些循規蹈矩的露宿者。也就是說，地下幫近似於犯罪集團，與露宿街頭者涇渭分明。

冷不防地，對開的玄關門被「碰」的一腳踹開，十幾名年輕男子蜂擁而入。每個人都拿著槍，穿著迷彩圖樣的外套和長褲，或是卡其色的戰鬥服。其中也有人只是牛仔褲和在頭上纏條毛巾的打扮，但都戴著全罩式護目鏡，顯得詭異極了。

裡面有個光頭戴全罩護目鏡的人。他的護目鏡上用白漆寫著「夜光」二字，就像在叫人瞄準那裡。男子似乎是頭目，每個人都對他擺出立正姿勢，用槍指著伊昂的男子也放下槍敬禮。

光頭開口了：

「丸山，那傢伙是什麼人？」

用槍指著伊昂的男子立正說：

「是！他是俘虜。」

「市民嗎？」

「應該是住在這裡的遊民小鬼。」

「放逐他。」

丸山用槍身推撞伊昂的背。槍打到背骨，非常痛。

「滾！」

「住手！」伊昂甩開槍身。「這裡是我家，你們是晚來的，怎麼可以搶人家的地盤？還有銅鐵兄弟在哪裡？他是你們的同伴吧？我要去哪裡才能見到他們？」

「這傢伙在說什麼？」光頭不愉快地吼道。

「這幅畫畫的是我的『兄弟』。銅鐵雙胞胎在哪裡？告訴我吧！」

伊昂拚死地說。結果光頭回頭瞥了士兵一眼。有人知道銅鐵兄弟嗎？伊昂緊張地等待回答，但因為每個人都戴著全罩護目鏡，看不出表情。光頭說著跟丸山一樣的話：

「圖是『夜光部隊』接管此地的證據。」

伊昂不耐煩地怒聲說：

「誰知道什麼『夜光部隊』！告訴我雙胞胎在哪裡，要不然我會死掉！」

或許自己真的會死掉——伊昂想。現在伊昂活著最大的理由，就是與銅鐵兄弟相會。

「那就去死吧。丸山，處刑。」

丸山把槍瞄準伊昂。

「什麼處刑，不過是玩具罷了。」

丸山從數公尺外極近的距離對著伊昂舉起槍。伊昂一步步朝有壁畫的牆壁後退。

「開槍！」

光頭命令，丸山毫不猶豫地開了兩槍。伊昂感到兩條大腿迸射出強烈的疼痛，人倒了下去。只是被小小的塑膠子彈打到，衝擊卻大得宛如遭皮鞭鞭打。

「這下你的雙腿已經斷了。你會出血過多，在今晚死掉。」

光頭宣告，交抱起雙臂。丸山接下去說：

「快滾！下次再被我看到，一定叫你瞎掉。」

兩名士兵抓起倒地的伊昂雙手，把他拖到玄關，然後分別抓起他的手腳，像丟東西似地把他扔到迴車道。沒多少體重的伊昂撞在水泥地上，反彈後直滾到迴車道邊緣。伊昂很瘦，骨頭被震得痛到他連叫都叫不出聲。他倒在地上動彈不得，聽到士兵的對話：

「沒有值錢的東西嗎？」

一個人把槍口伸進背包裡面攪動。那名士兵體型細小，年紀跟伊昂差不多，相當瘦弱。

「淨是些破爛東西。」

「有錢就不會住這裡了嘛。」

兩人嘲笑後，踢足球似地把背包踢得遠遠的。東西散亂一地，但伊昂不在乎，他只擔心萬一被搜口袋該怎麼辦。家當沒事，錢也安好，還不算衰到極點。

原本淒慘到家的心情因為剛才的事而平復了，伊昂仰望灰色的天空。灰色的雲層另一頭，感覺得到太陽的存在。澀谷宮殿裡應該開始舉行攻陣遊戲了。槍聲與士兵奔跑的聲音連續不斷。

水泥地面傳來大地的冷氣。伊昂再也承受不了寒冷，強忍痛楚撐起上半身。左肘痛到彎不起來，可是他還是努力撿拾家當，背起背包。為了避免被本館的人看到，屈著身體移動到枯草皮上，然後藏身在正面玄關旁枯成褐色的杜鵑花叢後。

伊昂脫下褲子，檢查被ＢＢ彈擊中的地方。兩腿中彈的地方就像開了洞似地變成紫色的瘀傷，顏色從中央呈放射狀地淡去。「處刑」的痕跡，伊昂看到傷痕，感到一股比真的中槍還要深的屈辱。他想報復那群人。

午後的太陽已經開始轉弱了。這是一年之中日照最短的季節，而且風很冷。只能等待夜光部隊回去以後，再次回到澀谷宮殿睡覺。伊昂在草叢中一心一意等待夜光部隊「戰鬥」結束。

「撤收！」

他聽到光頭大吼，從杜鵑花叢後面偷偷窺看。先出來的光頭向部下打信號。士兵從裡面三三兩兩出現，排成高矮不一的隊伍。全部共有十五人。丸山可能是士官，一個人站在前面。

突然間，伊昂聞到一股焦味。他吃驚地抬頭一看，宮殿的廚房和大廳後方升起滾滾白煙。

縱火。原來是這些傢伙幹的嗎？盡情享樂，用完之後就不要了嗎？自己被趕走，棲身之處被剝奪，伊昂激憤不已。他再次發誓絕對要報仇。可是夜光部隊那群人若無其事地排成隊伍。

「訓練結束。現在解除裝備撤收，自各回歸部隊，兩小時後在總部前集合。」

全員敬禮，迅速卸下裝備。全罩式護目鏡取下後，每個人的真面目露了出來。伊昂看著他們的臉，沒有任何一個長得像銅鐵兄弟。

光頭男子好像有外國血統，輪廓很深，五官很漂亮。他像要藏住自己的光頭似地，從口袋取出黑色毛線帽戴上。

用墨鏡遮住眼睛的丸山把槍集中到一處，分裝到兩個袋子裡。護目鏡也是，所有人的護目鏡都裝進一個大袋子，由體格壯碩的人扛著。

丸山從口袋掏出鑰匙，打開纏在鐵門上的鎖。鐵門輕易地打開了。他們怎麼會有鑰匙？伊昂感到不可思議。

或許是讓渡或改建工程遲遲沒有進展，失去耐性的債權人委託地下幫放火燒燬澀谷宮殿。

幾年前，百軒店的國際市場附近有段時期火災頻仍。傳聞說一部分商店拒絕遷移導致工程延宕，不耐煩的地主因而策畫放火。還有更可怕的傳聞指出，其實是為了詐領保險金。那麼縱火或許也是地下幫的生計之一。想到如此骯髒的傢伙可能與銅鐵兄弟有關，伊昂開始害怕知道真相。

伊昂決定跟蹤他們。不過士兵們是三三兩兩離開的，伊昂無法行動。澀谷宮殿冒出的煙霧愈來愈大，還有輕微的爆炸聲。遠方傳來消防車的警笛聲。如果再拖拖拉拉，可能會被當成縱火犯。伊昂急了，消防車也因為接到的是高級住宅區的通報，所以出動得特別快。

伊昂拖著疼痛的身體總算翻越圍牆，背著裝槍大包包的士兵和光頭正要一起搭上計程車。伊昂發現翻他背包的瘦小年輕「士兵」就走在幾十公尺前，便追了上去。如果在這裡追丟，就再也找不到地下幫的夜光部隊了吧？也追蹤不到銅鐵兄弟的下落。

十兵穿著迷彩花紋的軍用外套和卡其色長褲，背黑色背包。他絲毫沒有察覺伊昂跟在後面，悠哉地走到道玄坂。

途中與消防車錯身而過時，士兵回望澀谷宮殿，那張稚氣的臉上浮現笑容。他經過「一〇九」，在複雜的十字路口前進入地下街。伊昂為了不在人群中追丟他的身影，急忙也要下樓梯。

忽然間，他發現視野角落似乎有什麼令人介意的東西，抬起頭來。看到最上就站在路口對側，許久不見的最上。

最上沒有發現伊昂。一如往常的打扮，皺著眉頭，一臉嚴肅，仔細觀望著四周。他是在找伊昂嗎？

「我在這裡！」

伊昂有股想要大叫的衝動，但連忙咬住了嘴唇。那是要寫給銅鐵兄弟的訊息。他討厭最上，誰叫他要背叛。不，伊昂已經不需要最上了。因為銅和鐵在等他。

伊昂走下通往地下街的階梯。這一瞬間，他覺得自己真的與最上斷絕了關係，心一陣刺痛。快點回去跟最上打招呼，快去！伊昂感覺心中有個聲音迫切地催促他。可是伊昂又拚命地壓抑。憎恨與嫉妒，伊昂感覺既骯髒、漆黑又強烈的感情正逐漸滲透了自己。而且意外地舒適。

會想要出聲叫最上，是出於還殘留在自己身上的孩童純真嗎？我已經要變成大人了。伊昂告別最上，還有過去的自己。

士兵兩手插在口袋，穿過小店鋪林立的狹窄地下街。伊昂避免引人注意地追上去。士兵在化妝品店後方忽然失去了蹤影。進到店裡了嗎？伊昂慌忙窺看，卻沒看到人影。店旁有員工用的廁所，是在裡面嗎？如果立刻進去，可能會迎面撞上，所以伊昂在外面等。可是遲遲沒有人出來。

伊昂下定決心打開廁所門。士兵不在裡面，馬桶間裡也沒有人，剩下的就只有寫著「清掃用具」的門了。他會躲在裡面嗎？

門沒有鎖。收著拖把和水桶的小房間裡面還有另一道門微掩著。冰凍的冷風從那裡吹來，撫過臉頰。伊昂看到有座樓梯通往漆黑的地下，他走進小房間，打開那道門。階梯很簡陋，以水泥平台和房間相連，但鐵製階梯本身只是用鋼纜吊著而已。階梯的前方融入黑暗，看不見盡頭。又黑又深的黑暗在下方張著大口。

遠處偶爾傳來轟隆隆的聲響。是地下鐵的聲音嗎？伊昂豎起耳朵，也聽見細微的流水聲。溜谷正下方居然有這麼深的洞穴，令人無法想像。

伊昂被從無邊黑暗散發出來的冷氣凍得發抖。感覺會被洞穴吸進去墜落一般，他怕得無法動彈。同時也感覺到一股誘惑，想要走進這深不見底的垂直豎坑裡一探究竟。該怎麼辦？伊昂在階梯上猶豫不決，結果聞到附近傳來一股菸味。

「你有什麼事？」

士兵就站在近處的黑暗裡抽著菸。

「喂，你聾了啊？我問你有什麼事？」

士兵靠坐在階梯的扶手上，抓著鋼纜抽菸。那姿勢非常危險，萬一失去平衡，會墜落到無底深淵。

「我也想加入部隊。」

士兵頂出下巴：

「可以先把門關了嗎？那麼亮，教人怪不自在的。」

如果關上門，是不是就再也出不去了？伊昂很擔心，但還是狠下心關門。四下頓時變得一片漆黑。黑暗中只有香菸的火光像螢火蟲般閃爍。

「還出得去嗎？」

伊昂不安起來，忍不住發問，沒想到對方意外親切地回答：

「自個兒開門看看。」

門輕易打開了。放著拖把和水桶等清掃用品的小房間被天花板蒼白的螢光燈照亮，就像截然不同的另一個世界。

伊昂鬆了口氣，再次關上門。於是士兵把正在抽的菸扔進黑暗中。小小的紅點無邊無際地墜落，終至消失不見。

「好深。」

伊昂呢喃，士兵的聲音響起：

「還有更深的洞。」

「這裡是什麼地方？」

「地下鐵的通氣孔。」

下面有地下鐵行駛嗎？伊昂還沒有坐過地下鐵，他想搭搭看穿梭地底而行的電車。

「怎麼樣才能加入夜光部隊？可以告訴我嗎？」

伊昂再一次問。士兵好像笑了。看不見表情，但隱約傳來空氣的震動。

「給我錢，我就告訴你。」

「多少錢？」

「一張。」士兵回答。是指一千圓嗎？伊昂摸索口袋，取出一張皺巴巴的千圓鈔。雖然不想讓寶貴的錢減少，但他怎麼樣都想知道銅鐵兄弟的祕密。

伊昂指尖的鈔票一眨眼就被搶去，然後四下忽然亮了起來。是士兵點燃打火機，確認千圓鈔票是不是真的。伊昂藉著火光看到了士兵的臉。單眼皮，一臉睏倦。可能是檢查完了，打火機一下子又熄了。

「這樣就好。」

「我付錢了，快告訴我。」

「條件只有一個。」只有聲音傳來。「只限在地下長大的人。」

伊昂嘆息：

「那就不行了。我是第一次來這裡，你是在地下長大的嗎？」

「沒錯。我被丟在地下鐵的廁所，被清潔歐巴桑撿到，像養棄貓那樣偷偷把我養在廁所。我從出生的時候就一直以為世界是黑的。」

「你叫什麼？」

「薩布。Subway的薩布。」

「我叫伊昂。」

「死了這條心吧，伊昂。你不適合地下，地下的生活就像溝鼠，你還是在明亮的公園村生活吧。那裡不是大家一起和樂融融地煮大鍋飯，還會開放泳池給大家洗澡嗎？」

薩布嘲笑著，好像開始下樓梯了。階梯像盪鞦韆似地吱咯搖晃著。

「等一下，薩布。如果我拿錢來，你們會讓我加入嗎？」

「不是我決定的。」

聲音從底下傳來。薩布說著，愈來愈往下深入。伊昂焦急地問：

「那是誰決定的？」

「大佐。」

「是今天來的人嗎？」

「大佐不出擊。」

「要多少錢？」

「我不知道。」

聲音被地下鐵的轟隆聲掩蓋，幾乎聽不見了。

「我知道了。你明天可以在同樣的時間在這裡等我嗎？」

伊昂吼道，但薩布好像下到很深的地方去了，沒有回話。踩踏鐵樓梯的鏗鏘聲逐漸遠去。

伊昂決定試著走下幾階。他握住冰冷的扶手，戰戰兢兢地下了五階。可是那感覺就像把身子拋向虛空一樣，階梯濕濕滑滑的，令他驚恐萬分。

伊昂放棄追趕薩布。好不容易回到上面的平台，才發現連平台也只是從垂直的牆面突出、只有五十公分寬的水泥塊，他嚇得腿都快軟了。

想到地下幫每天都在這麼危險的階梯來來去去，伊昂覺得想要加入夜光部隊的念頭實在是太有勇無謀。可是伊昂不能放棄。他是為了什麼而甩掉最上的？他是為了什麼而忍受「處刑」的屈辱？

推開鐵門，是擺放清掃用具的小房間。伊昂鬆了一口氣，坐在倒放的水桶上。瞬間身上的跌打傷痛一擁而上，他忍不住呻吟。

3

夜深了，伊昂走上百軒店的坡道。他注意迴避熟人，謹慎地穿過千代田稻荷神社前的國際市場。

以前在這裡徘徊的雙胞胎街童怎麼了？伊昂查看覆蓋藍色塑膠布的攤子底下，但不見人影。

想到反正一定是最上安置了兩人，照顧他們，伊昂就覺得自己身在好遙遠的世界。但現在的他有個明確的目標，伊昂為自己感到驕傲。

伊昂躡手躡腳進入稻荷神社後面的住商混合大樓，打開置物櫃店的門。

果然是手槍婆在看店。老太婆披著滿是毛球的紅色罩衫，戴著一樣的紅帽，看著口袋書大小的電視，喝罐裝咖啡。桌上擺著裝麻糬的盒子。

手槍婆看到伊昂進去，瞥了他一眼之後擺出臭臉。她立刻把電視扔進抽屜裡。

「好久不見啦。你是跑哪去啦？我這兒不會再雇用無故缺勤的人，你後悔也來不及了。」

「對不起。」

伊昂道歉。

「對不起就沒事的話，世上就不用警察啦！你沒聽過這句話嗎？就算你跟我下跪，我也絕對不會再雇你。」

伊昂默默地行禮。

「真的對不起。」

「就跟你說沒用了。就算道歉，我也不會原諒你。」

「我不是指那個。」

「那你是指哪個？」

「阿姨的手槍可以借給我嗎？」

伊昂話剛說完，手已經抓住了老太婆放在桌上的黑色皮包。

「你幹什麼！」

老太婆急忙想要站起來，伊昂反射性地踢了椅子。手槍婆被那麼一踢，一個筋斗跌在地上。伊昂趁機摸索皮包內部。底部有個鋼鐵製的東西。伊昂望著手中槍身黑色的手槍。它沉重、不祥得難以置信。

「你對老人家做什麼！」

老太婆跌坐在地上喃喃唸道，但沉迷於手槍的伊昂根本沒聽進去。手槍是回轉式五連發，裡面裝了鉛色的子彈。

「這是真槍吧？」

用不著問老太婆，伊昂也感覺得出真貨所具備的不祥與魄力。夜光部隊所拿的自動步槍和來福槍跟這個比起來，顯然只是玩具。

伊昂陶醉地撫摸槍身。他覺得只要有這把槍就無所不能。他可以向夜光部隊復仇，也可以見到銅鐵兄弟。從此他將告別飢餓與寒冷，一個人也不再寂寞。就算見不到最上和凱米可也無所謂了。

「可惜，那是模型槍。」

手槍婆喘著氣撐起上半身。她撫平染成橘色的稀疏頭髮，撿起掉在地上的紅帽戴好。

老太婆瞪著伊昂的眼神中有著強烈的憤怒與莫大的失望。伊昂別開視線，注視手槍。

「騙人，這是真槍。」

「是假槍。」

伊昂把手槍對準老太婆。老太婆不為所動，嗤之以鼻。

「你開槍啊。開槍也沒用，那是模型。」

「可是裡面有子彈。」

「都是假的，用來騙你這種傻子的。」

「那我要開槍了。」

伊昂就要朝著天花板試射的時候，老太婆吼了出來：

「住手！會射到樓上的人！」

「果然是真槍。」伊昂笑了。

手槍婆抓住桌腳，勉強爬了起來。她不小心弄倒了罐裝咖啡，伊昂默默地看著盒裡的白色麻糬被染成褐色，污漬在桌上擴散開來的景象。

老太婆微微咋舌，扶起倒下的椅子重新坐好。她好像撞到腰了，邊呻吟邊撫摩著。

伊昂吃了一驚，望向手槍婆。他原本想問「妳還好嗎？」但感覺到強烈的怒意，便噤聲不語。他有種很不可思議的感覺，好像這才意識到自己對老太婆做了什麼，但另一方面仍然像是身處夢境一般。

「你是個大傻瓜，伊昂。」

「或許吧。」

「不是或許，你就是個大傻瓜。你怎麼了？發生什麼事了嗎？」

伊昂沉默了下來。他在這家店只打了兩天的工，但已經成了完全不同於那時候的另一個人。

「出了什麼事？」老太婆再一次問。

「沒事。」

伊昂翻找老太婆的皮包。

「你在找什麼？」

「子彈。沒子彈了嗎？」

「五發夠多了吧？」

伊昂大失所望，但心想應該有別的方法可以弄到子彈，便把槍收進自己的背包。他想要離開店裡，手槍婆叫住他：

「等一下。你沒東西要寄放置物櫃了嗎？」

「沒了。」伊昂頭也不回地回答。現在的他，重要的只有錢。他買了羽絨外套，洗了澡，給薩布一千圓，還剩下八千圓左右。這些錢維繫著他的一條命。

「把這個裝進去吧，人需要這樣的東西。」

老太婆打開抽屜，取出一個四方形信封給伊昂。伊昂拿起來端詳，上面寫著「給伊昂」。

「最上寄放的。他為沒上過學的你寫了封全是平假名的信，你就看看吧。」

伊昂翻到背面。背面好像寫著住址和最上的名字，但伊昂幾乎看不懂漢字。他粗魯地撕開信封。

「裡面沒錢啊？」

這下流的口音是跟薩布學的。信封裡只裝了兩張信紙。伊昂瞥一眼，看見「我非常擔心你」的字句，慌忙把信紙又塞回信封裡。雖然很想看看最上寫些什麼，但他也知道一切已經太遲了。

伊昂從口袋裡取出百圓硬幣。三十八號的置物櫃正好空著。他把最上的信丟進去，粗魯地關上，然後把鑰匙擺在老太婆面前。三十八號號碼牌的鑰匙被倒出來的咖啡浸濕了。

「鑰匙拿走，那是你的。」

手槍婆憤然道。

「我不要。」

「你這小孩怎麼這麼可憐？我頭一次覺得你可憐。你要走的路，盡頭只有地獄。如果你不想下地獄，現在立刻拿著這支鑰匙滾蛋。你得有個依靠才行。」

「我不需要！」

伊昂大叫。

「那就永遠別來了！」

手槍婆豎起拇指，用力朝下一比。

伊昂跑下住商混合大樓的階梯，想到最上得知這件事一定會大受打擊，忍不住心痛起來。可是他也覺得有相簿的最上不可能了解他的心情。一出生就被扔在地下鐵廁所的薩布讓伊昂有更大的共鳴。沒錯，我比較喜歡那種人——伊昂自言自語。

這是個雲層厚重，看不見星星的夜晚。但也因為如此，寒意舒緩了一些。伊昂在路上徬徨著。雖然還是一樣無處可去，但他覺得背包裡的手槍重量支持著他。

伊昂無比渴望鑽進薩布消失的地下。可是晚間通往地下街的道路受到管制，無法進入。他想起朝向黑暗的階梯，想像自己從悄悄開在各處的洞穴鑽進地下，自在地奔走。他好想加入地下幫，在銅鐵兄弟的指示下行動。然後向對他「處刑」的傢伙復仇。

伊昂從松濤的坡道走向澀谷宮殿。隨著距離接近，焦臭味也飄了過來。鐵鍊被解開，門大大地敞開。伊昂穿過「禁止進入」的黃色帶子，走近建築物的殘骸。澀谷宮殿被燒得不剩一絲殘骸，偌大的土地只剩下焦黑的幾根屋樑，宛如歷經戰爭轟炸一般，慘不忍睹。伊昂本來還指望可以撿到一些什麼。

因為過於空虛，伊昂杵在原地，忽然有手電筒的光從大門靠了過來，是警官。

「你在那裡做什麼？」

伊昂拔腿就跑。他急忙繞到屋後，爬上圍牆跳下去。如果被發現他背包裡的東西就不得了了。他聽見腳步聲追上來，拚命地奔跑，衝進一座小公園，鑽進公廁後面的草叢，想要躲到警官離開為止。

「讓開，這裡是我的窩！」

突然有個男人的聲音響起。伊昂又慌忙跑出去，無處可去，該怎麼辦才好？伊昂想起從樓梯底下吹上來的地下冷風。那裡好像很冷，但一定有夥伴。自己真正的夥伴。

伊昂趁著黑夜來到澀谷街上，進入「漫咖」。漫咖是漫畫咖啡廳的簡稱。是可以看漫畫，也可以上網的咖啡廳。最便宜的時段每小時也要八十圓以上，所以伊昂很少會來。不過手中有槍的今晚是特別的。

伊昂進入漫咖的包廂，把背包抱在胸前。他擔心會遇搶，實在無法安然入睡。伊昂昏昏沉沉地打著盹，老是夢見一樣的夢。最上和凱米可出現，笑咪咪地對他笑。然後夢中的自己向兩人道歉。就像對手槍婆道歉那樣，說著「對不起」。他知道，自己已經走上了不歸路。

4

薩布會來嗎？如果他沒有來，伊昂就得在那個危險的台階等他。拜託，一定要在那裡。

伊昂懷著祈禱的心情前往地下街。他看準沒有人的時候進入員工廁所，然後打開放清掃用具的門。

「太慢了。」

眼前就站著被門口射進來的光照得瞇起眼睛的薩布。迷彩花紋的外套跟昨天一樣，不過今天他穿牛仔褲。頭髮理得短短的頭上戴著頭燈，那模樣像個年幼的炭坑童工。

「太好了，你真的來了。」

「錢呢？」

薩布緊接著問。伊昂意識著背包裡的手槍回答：

「帶來了。」

如果他問多少錢，我要怎麼回答？伊昂擔心，但薩布彷彿事不關己，什麼也沒有問。

「好了，走吧。大佐說他願意接見你。」

大佐究竟是什麼人呢？不是銅鐵兄弟嗎？

「大佐是不是雙胞胎？」

「不是。」

薩布沒什麼興趣地簡短答道，然後打開額頭上的頭燈。

「伊昂，跟上來。別忘了關門。」

關上門後，瞬間就成了個黑暗的豎坑。薩布的頭燈搖晃著照出下方的牆壁。萬一摔下去怎麼辦？伊昂覺得屁股發癢。

「別落後了。」

熟悉階梯的薩布迅速走下樓梯。伊昂拚命追趕，但一下子就被拉開距離。鐵製的扶手很冰，因為怕摔下去而緊緊握住，手便從指尖開始凍了上來。手指凍住，就使不上力，很危險。可是看不見腳下，只能依賴扶手。伊昂朝著幾公尺前方的薩布叫道：

「薩布，你可以走慢一點嗎？拜託！」

薩布停下腳步，回頭仰望還在上面磨蹭的伊昂。頭燈的光直照伊昂，他一陣眼花撩亂，腳一滑，登時連摔了好幾階。

「小心！」

薩布吼道。千鈞一髮之際，伊昂的手總算抓住扶手，沒有摔下去。冷汗猛地噴出來，全身都在發抖。撞到的手肘突然痛了起來，使不上力了。

兩人往下走了一段時間。伊昂為了平整呼吸停下腳步，仰望階梯。換算成大樓，大概往下走了有五層樓深吧。

遙遠的上方有一條細細的光帶。那是存放清掃用具的小房間門縫裡洩出來的光。光是地上存在的證明。

再見了，最上。再見了，凱米可。再見了，手槍婆。沒有家的我，要進入地下的黑暗深淵，然後以那裡為家，生活在其中。

這個瞬間，不知為何，伊昂想起了「兄弟姊妹」。全部共有八人——不，九人。人數不確定，不過伊昂是底下數來第二個，有個叫「磷」的「妹妹」。「大人」一離開，大家就在房子的地下室玩耍。把坐墊帶進去圍出陣地，玩打仗遊戲，或是用唯一一台舊遊戲機玩「超級瑪利歐」這款簡單的遊戲。遊戲的領導，當然是銅鐵兄弟。

「不要發呆，快過來！」

薩布吼道，伊昂回過神，開始往下走。從地下鐵傳來的轟隆聲愈來愈大了，地下鐵一定就從旁邊駛過。

「聽好了，再下去一點，就要進入橫坑，那邊要小心。」

很危險是吧。雖然可怕，但既然都已經來到這裡，再也無法回頭了。伊昂點點頭。灰濛濛的熱風迎面撲來，是地下鐵的味道。伊昂聞著從沒坐過的交通工具的氣味，偶爾也會聽到車門「噗哧」的關上。

地下鐵沒有司機，也沒有車掌。完全無人駕駛的電車由乘客自行開啟車門。只有發車的時候會發出氣閘般的聲音，恐嚇似地通知乘客。

「這裡是第一道難關。如果你沒有辦法克服，就把你丟下。」

薩布在階梯的平台上等，指著磚牆上的橫坑說：「那裡距離階梯有兩公尺遠。」

「進這個洞後往下走，然後到車站月台。」

薩布示範給他看。他翻過扶手，跳到牆上的洞穴，攀爬上去。他輕鬆完成之後，朝伊昂吼道：

「試試看！」

伊昂學他跳過去。大腿撞到牆壁，遭「處刑」的傷痛了起來。他利用磚牆上的凹凸，勉強鑽進洞裡。他卯足全力，薩布也沒有伸出援手，只是蹲在一旁抽菸。他看伊昂成功了，把菸扔進黑暗裡。

「這邊。」

連喘息的時間也沒有，兩人繼續沿著橫坑往下。直徑約一公尺的洞穴朝斜下方延伸，似乎連接著通風管。終點是一個機械室般的小房間。薩布把頭燈收進懷裡，向伊昂呢喃：

「這裡是車站月台。慢慢走，到處都有監視攝影機，絕對不可以看鏡頭。」

薩布出房間後打手勢，伊昂隨即跟上去。薩布把手插在口袋裡，裝作乘客的樣子，悠哉地走過。

這就是地下鐵月台嗎？簡直就像隧道。伊昂好奇又浮躁地東張西望。薩布折回來，站到伊昂旁邊。他臉上微笑，裝出哥倆好的模樣，說的話卻十分嚴厲。

「不要東張西望。會因為行跡鬼祟被逮捕。」

伊昂吃了一驚。他一直以為逮捕是跟自己無關的事，可是他對手槍婆做的事是犯罪，是強盜。如果老太婆報警，警察一定會立刻調閱路口或車站的監視攝影機。伊昂模仿薩布微笑。

「這就對了，假裝幸福就是了。聽說監視攝影機會抓的，都是些全身散發不滿的傢伙。」

薩布笑了。抵達漫長的月台盡頭時，有一班地下鐵開了過來。車頭燈照亮伊昂，放慢速度。伊昂帶著憧憬看著。

「真想坐坐看。」

薩布用手肘輕撞他，指示月台角落不起眼的門。

「從那裡進去，現在就是機會。」

地下鐵車門打開，乘客魚貫走出來。每個人都往出口去，沒有人會注意月台角落的少年。薩布一眨眼就消失在門裡。伊昂也跟上去，又是個豎坑。這次梯子向上方延伸。雖然很陡，但至少不是一片漆黑。到處都點著紅燈。

「這次又是什麼？」

伊昂問，薩布答道：

「緊急逃生梯。」

兩人默默地爬梯子。爬到盡頭後，又打開一道門。結果到了某車站的階梯旁，薩布一語不發地帶領伊昂。兩人走在餐廳林立的地下街，店裡賣的都是伊昂看也沒看過的食物，肚子咕嚕咕嚕叫了起來。

薩布進入流行時尚大樓的地下入口，又利用緊急逃生梯往下到地下三樓，這次是一條陰暗的甬道。

「東京建築物的地下幾乎都彼此相連，所以我們都這樣移動。」

「不會累嗎？」

伊昂問，薩布搖搖頭：

「對地下瞭若指掌，不管任何地方都可以經由地下前往，是我們的驕傲。」

狹窄的通道也有遊民的身影。每個人都躺在地上，對著黑暗投以空洞的視線。經過通道的時候，伊昂害怕碰到認識的人，不斷避免目光接觸。

盡頭是一座狹窄的樓梯，僅容一個大人通過。經那座樓梯下去地下四樓後，有一道看起來很沉重的門。薩布開門的瞬間，伊昂差點被裡面濃重的廢氣薰得頭暈眼花，是一座廣大的地下停車場。

各處都設有橘色的朦朧照明。裸露的排氣管爬過天花板，牆壁上覆滿了泛黑的污漬。

「不妙。」

薩布突然拉扯伊昂的羽絨外套衣角。伊昂看見一個騎機車的員工朝這裡過來了。他被薩布推撞躲到白色箱形車後面。

員工停下機車，檢查傳到手機的監視攝影機畫面，納悶地歪著頭。伊昂屏住呼吸。如果在這裡被抓，他有槍的事會曝光，那樣就完了。薩布用手指戳伊昂的背，伊昂回頭一看，薩布正嘲笑著發抖的他。伊昂難為情地縮起身體。

員工四處搜索，最後死了心似地留下排氣聲離去。即使如此，薩布和伊昂還是小心提防，躲在車子後面移動。

總算抵達停車場的盡頭。薩布飛快地確定周圍後，打開一道寫著「機械室」的生鏽門扉。裡面盤踞著被鐵絲網包圍、大腸般的管線。

「這裡是幫浦室。地下一定都有排水設備。幫浦室可以通往其他大樓，或有祕密通道。

迷路的時候第一個就找幫浦室。記住了沒？」

薩布匆匆說明後，打亮頭燈。要從這裡去哪裡？薩布丟下困惑的伊昂，攀上幫浦室牆上的梯子爬了上去。他輕鬆地掀開天花板的板子，鑽進上面。應該又進了其他樓層。他們從大樓地下三樓的通道下了一樓到停車場，現在又往上爬一樓，所以還是地下三樓嗎？

混亂的伊昂慌忙抓住梯子。薩布在地下自由自在地移動，讓伊昂有種酩酊大醉的感覺。他不曉得自己現在身處哪一帶、又要往哪裡去。

「我們要去哪裡？」

伊昂自言自語，薩布沒有回頭，答道：

「你就當做沿著副都心線往新宿去吧。東京的地下是以地下鐵網路相連。所以我們才會被叫作地下幫啊。」

幫浦室的天花板上有黑暗的通道，寬約四公尺，高約兩公尺。充滿壓迫感的通道漫長得幾乎看不見盡頭。牆壁不停滴水，流入牆邊的細溝。溝水以意外的高速朝兩人前進的方向流去。

「這條路是幹嘛的？」

「檢修用的通道。不過是以前做的路，現在沒使用。」

「以前是多久以前？」

「我哪知道啊？」

薩布的頭燈照亮黑暗的地道，伊昂懷著不安的心情看著。澀谷地下街意想不到的通氣孔、通到月台的傾斜隧道、垂直延伸的緊急逃生梯，全都在地下鐵附近，所以沒那麼可怕。可是這條路又黑又濕又封閉，一片死寂。萬一得一個人走這種路該怎麼辦？伊昂不安極了。

「你不怕嗎？」

「怕什麼？」薩布搖頭。「我一出生就住在地下了，這對我來說才是常態。告訴我這條路的也是清潔的歐巴桑。」

從天花板落下來的水滴滴在伊昂脖子上，冰得把他嚇得忍不住尖叫。

「你不想住在地上嗎？」

「不想，可是我住過。歐巴桑帶我去過她住的公寓。那時我大概六歲。」

「好玩嗎？」

「一言難盡啊……」

薩布的聲音沉了下來。

「清潔歐巴桑就像你的母親嗎？」

伊昂不經意地問，結果走在前面的薩布回頭了。頭燈的光擦過伊昂的臉，打在天花板上。

「少說得一副你很懂的樣子。我不曉得母親是什麼樣的東西，無法回答你。在這裡，沒有一個人是正常長大的。你不也是嗎？伊昂。」

雖然說得嚴厲，但薩布臉上在笑。

「那個歐巴桑怎麼了？」

「死了，所以我才會在這裡。」

「怎麼死的？」

薩布一臉吃不消的樣子。

「喂，你當作是在審犯人啊？」

「對不起，我只是想知道而已。」

「摔下地下鐵的軌道，觸電死掉了。」

薩布聳聳肩膀說。

「真可憐。」

「可憐嗎？」薩布反問。「那你咧？」

「我什麼都不記得。」

「這麼剛好唷？」

薩布訕笑，伊昂沉默。他什麼都不記得，也失去知道的方法了。他想起從置物櫃被偷走的剪報，他的確是「兄弟姊妹」的一員。那麼「父母」呢？他沒有半個「父母」。屋子裡只有「好心的大人」、「壞心的大人」和「不好不壞的大人」。也就是只有他們小孩和並非父母的「大人」而已。

被清潔歐巴桑養大的薩布跟自己不一樣。原以為薩布與自己境遇相近的伊昂受到輕微的打擊。薩布有過特別的「好心的大人」。那類似於最上嗎？

忽然間，伊昂想起他把最上的信丟在置物櫃的事，在潮濕的通道踉蹌了一下。手槍婆說「你得有個依靠」。那麼無依無靠的自己要去哪裡？一再浮現的迷惘在黑暗的洞穴中再次湧出，令伊昂沮喪不已。

「這裡沒有大人嗎？」伊昂以顫抖的聲音問。

「才沒有。我們就是討厭大人，才躲起來生活的。」

「那等到變成大人了要怎麼辦？」

薩布停下腳步，邊點菸邊說：

「自然而然就會離開。」

最上試圖教導伊昂在現實社會生存的方法。為了變成「好心的大人」的訓練，「謝謝、對不起。這兩句話對謀生會有莫大的助益」。

最上，就算不知道那些禮儀，只要待在地下，就可以像薩布這樣活下去啊。伊昂感到得意洋洋。

告訴他區別「大人」方法的銅鐵兄弟會住在這裡也是當然的。因為我們永遠都不會變成什麼「大人」。

好想趕快點見到雙胞胎兄弟，伊昂像要甩開恐懼似地拱起肩膀。自己的選擇是正確的，他的迷惘一掃而空。

通道對面出現搖晃的光。伊昂嚇了一跳停步，薩布向他低喃：

「放心。」

好像是同伴。薩布的頭燈光圈中，出現了一個高瘦如昆蟲的少年，他把手電筒固定在肩上，是在澀谷宮殿看過的面孔。一想到對方是嘲笑著看自己被「處刑」的傢伙，伊昂就氣得緊咬嘴唇。兩人用食指輕豎在嘴唇上打招呼，就像在說「別出聲」。

「北參道在進行排氣孔養護。」

「比定期早了三天？」

「是啊，有點不太尋常，曹長在擔心會不會是在狩獵闇人。」

「闇人是什麼？」

伊昂忍不住問，高個兒少年露出狐疑的表情。

「這傢伙誰啊？」

「入隊志願生。」

薩布答道，高個兒取下肩口的手電筒，照亮伊昂的臉。

「怎麼，這不是澀谷宮殿的小鬼嗎？明明被處刑了，還想入隊？看你長得一張熱愛陽光的臉蛋，還是清爽的朝陽呢！」

被說得彷彿什麼不吉利的東西似的，伊昂瞪了瘦個子的少年一眼。他瞬間想到的是代代木公園裡最上和凱米可的側臉。光是沐浴在陽光下，看起來就好幸福的樣子，為什麼呢？伊昂有股強烈的衝動，想要把所有在陽光底下的回憶埋葬起來。就算再也見不到光也無所謂，我要選擇生活在黑暗的地下。就像小時候和「兄弟姊妹」在地下室遊玩那樣幸福，再也見不到陽光也無所謂。

「我才不喜歡陽光。」

伊昂覺得這句話決定了內心對最上反覆了無數次的訣別。

「那你喜歡什麼？你想要什麼？總不會是黑暗吧？不是這種又濕又黏的黑暗吧？從實招來，你的目的是什麼？」

瘦個子少年吐出帶著鐵鏽味的呼吸，糾纏不休地問。

「我什麼都不想要，什麼目的都沒有。」

伊昂這麼答著，卻想起了自己喜歡漫畫。讀到幾乎都可以倒背如流，像寶物一樣珍惜的漫畫。他總是想要新的漫畫，在那家二手書報攤周圍晃來晃去。

伊昂不由自主掙動身體的時候，背包裡堅硬的手槍撞到了他消瘦的背。他有種大夢初醒的感覺。

「我喜歡的是槍。」

伊昂的臉似乎在不知不覺間浮出笑容。盯著伊昂的瘦個子少年內心發毛似地別開眼睛。

「走吧，大佐在等。」

薩布拍拍伊昂的肩。

「拜，路上小心。」

薩布和瘦個子少年彼此頷首。少年飛也似地跑開了。

「薩布，那傢伙是誰？」

薩布笑了：

「他叫鼠弟。聽說嬰兒的時候被丟在人孔蓋下，被污水沖了好幾公里，可是還是活下來了。」

住在地下的人撿起漂流過來的嬰兒，把他養大的吧。

「那闇人呢？」

「住在地下的人。」

「狩獵闇人，意思是有人要狩獵你們嗎？」

「是啊。可是社會上一般是稱做滅鼠行動。不過我們也會將計就計，不被逮住。」薩布愉快地說。

「如果被抓到會怎麼樣？」

「交給警察，送進未成年監獄。」

未成年監獄跟過去的少年院那種矯正教育的機關不同，是完全沒有矯正課程的少年監獄。因為擔心累犯，刑期很長，伊昂聽說過，因為竊盜罪而入獄的少年出來時，已經將近三十歲了。被送進「未監」就完了——兒保中心每個孩子都害怕它的存在。

5

洞穴最後忽然出現一個巨蛋般的巨大空間。伊昂驚訝不已，仰望黑暗的天花板。說話和走路的聲音因迴盪變得極大。藉著頭燈的光芒，可以看到遙遠的另一頭豎立著許多在神殿才會出現的巨大柱子。

「嚇我一跳，居然有這種地方。」

「看左邊。」

伊昂依言瞥過去一看，整個人僵住了。黑暗之中，水面反射著光芒。是一座有神宮球場那麼大的泳池。這是巨大的地下貯水池，深藏在地下深處的水不曉得有多麼冰冷。光是想像，伊昂就忍不住發抖。

「你知道這上面是什麼嗎？」薩布指著圓頂的天花板問。

「我怎麼會知道？」

「應該是明治神宮一帶。」

貯水池畔有溫暖的火光，好像有人正在烤火。

「那是什麼？」

伊昂害怕地問，薩布聳聳肩：

「一群老頭住在這裡，不知不覺間住下來的。」

「住在這種地方不會被發現嗎？」

伊昂很吃驚，但薩布搖了搖頭。走近火堆一看，三名老人正把柴薪放進石油罐裡燒著。

「薩布，沒見過那孩子吶。」

把皺巴巴的手放在火邊烘烤取暖的老人說。老人戴著髒到看不出圖樣的棒球帽。

「他叫伊昂，他想入隊。」

老人們面面相覷地笑了。缺了牙的老人啐口水似地說：

「打消這個傻念頭吧，住在地上爽快太多囉，小朋友。這裡又黑又冷，還是在上頭乖乖當遊民吧。」

白髮留到肩膀的老人打圓場說：

「別這麼說嘛，人家也是無處可去吧。」

不是，我是來找銅鐵兄弟的。伊昂想要抗辯，但老人說的也是事實。澀谷宮殿燒掉了，事到如今也回不去公園村。伊昂的命運跟金城一樣。只能獨自一個人在街頭徬徨。

啪沙一聲，有東西跳出水面。伊昂望向貯水池叫道：

「有東西！」

「有魚，不過咱們沒抓到過。」白髮老人笑道。

「小朋友，如果你沒地方去，就跟咱們住一塊兒吧。不要跟夜光部隊那夥人混在一起。他們為了錢，什麼事都幹得出來。」

薩布默默拉扯伊昂的衣襬。叫他差不多該走了。兩人離開老人的烤火處。三個老人對於他們離去，也沒有放在心上的樣子，繼續聊天。

「老頭子們想要一個跑腿的去地上幫他們弄食物，所以拚命向我們挖角。」

「就算待在地下，結果還是得去地上，否則活不下去嗎？」

伊昂嘆息，薩布這麼說了：
「廢話。我們只能住在地下，也喜歡地下，可是地下啥都沒有。」
巨大的空虛。黑暗、無邊無際的地下空間魅力十足，卻也無比恐怖。如果身心都被它給攫住，會變成什麼樣子？
薩布鑽進像是排水溝的橫坑。
「伊昂，地很滑，小心點。」
這是個圓形隧道狀的洞穴，中央有水流過，兩端不到一公尺寬的通道又濕又滑。
「冬天水很少，可以當做通道，但夏天就不行了。一下雨就很危險。」
「那種時候怎麼辦？」
「找別的路。」
薩布愉快地回答。排水溝裡也有許多疑似隨著雨水漂進來的垃圾。塑膠傘、腳踏車零件、廚餘、紙箱，還有貓、小動物、魚和爬蟲類的屍體。
「老頭子就是撿這些東西過活的。撿了鼠弟養大的也是那樣的老頭。」
還有其他悄悄生活在地下的人吧。伊昂過去生活的公園村地下居然有這樣一個世界，令他驚奇。
「還沒到嗎？」

走在水邊，身子漸漸冷了起來。伊昂朝著凍僵的手指呼氣。

「快到了。平常可以走北參道的車站通道，不過今天繞了遠路。」

兩人來到一個圓形的地點。薩布指著鐵梯子說：

「那是人孔蓋。一打開就要儘快出去，小心。」

伊昂跟在薩布後面爬上長梯。薩布挪開鐵蓋，稍微看一下四周之後就出去了。伊昂接著探頭，是住宅區的馬路，附近可以看到神宮的森林。

「那些老人都用這些人孔蓋出去嗎？」

「對。可是會被人看到，所以這個方法只能用在晚上。」

伊昂吸進地上的夜晚空氣。帶著一絲廢氣臭味的空氣讓他懷念極了。

第四章 銅、鐵與錫

1

「伊昂，你看那個。」

薩布指著遠方。黑暗的神宮森林隙縫間看得到首都高速公路的高架橋。來往的車燈化成一條光帶，把夜空染得一片艷毒。

「高速公路啊？跟我無緣。」

伊昂只有被帶去兒保中心的時候搭過車子。而且是大型巴士。

「我不是說那個。我教你的要聽好，你可能會覺得意外，不過在尋找地下通路的時候，要反過來看地上。高速公路跟高樓大廈的地下，幾乎都有祕密地下道或大型幫浦室。」

兩人正爬上陡峭的坡道。薩布好像在找能用的人孔蓋。

「高速公路和高樓大廈的地下埋了很多椿子，工程浩大。不管是遷移還是施工，他們會利用以前打通的隧道什麼的，盡量省工。」

「你真博學。」伊昂佩服地說。

除了最上以外，伊昂沒有半個朋友，所以和同齡的少年聊天讓他很愉快。

「是總部的前輩告訴我的。」薩布驕傲地說。

伊昂被激起了好奇心。銅鐵兄弟不也總是親切地教導「兄弟姊妹」許多事嗎？在危險的地下徬徨之中，伊昂迫不及待想快點去到少年聚集的「總部」了。

「還要多久？」

「大概還要一小時以上。今天不太安全，所以繞了滿遠的路。」薩布留意周圍，低聲回答。

「就算危險還是要走地下呢。」

伊昂覺得可笑，但薩布非常嚴肅：

「依規定，出去地上只有訓練和幹活的時候。伊昂，你也要記住，這可能是你最後一次看到地上囉。」

薩布挪開找到的人孔蓋。底下傳來激烈的流水聲。頭燈的光照亮黑暗的洞穴裡。洞底是一片黑水。伊昂瞬間嚇得退縮，但還是跟了上去。他費了好一番工夫關上沉重的鐵蓋時，薩布從底下撐住他的腳。

兩人踩著污水，在流水滾滾的水路中前進約二十分鐘。伊昂沒有半點方向感，但薩布好像知道該往哪裡走。途中水量突然增加，一直到腳踝都浸泡在冰冷的水中前進。

薩布毫不猶豫地走進滿是泥濘的橫坑。那是個直徑只有一公尺左右的圓筒狀洞穴，必須屈著身體前進。底下有許多不知道是什麼魚的屍體，感覺很恐怖。伊昂好幾次差點滑倒，不知道該如何前進是好。

可是薩布頭也不回地不斷往前走。燈光愈來愈遠，被丟在黑暗的時候，伊昂陷入了恐慌。這樣下去自己只能等死。他拚命追上去，突然碰到一條大河。是流過暗渠的河川。幸好水量很少。

「怎麼，你追上來啦？」

站在河床上的薩布仰望伊昂沾滿泥巴的臉。伊昂覺得遭到背叛，深受打擊，然而薩布卻是一臉冷笑。伊昂發現薩布缺了幾顆牙。

「薩布，你是想丟下我嗎？」

「也不是啦。只是如果這樣就跟不上，就沒有入隊資格了。」薩布撇過頭說。

「我絕對會跟上去。」

「真的假的？」

「真的。」伊昂喘著氣答道，跳下河床。

薩布頷頭。河川底下似乎有地下鐵駛過。爬下排氣孔又窄又長的梯子後，便來到了軌道。薩布跑過軌道，鑽進牆上的洞。那裡又通到其他洞穴。狹窄的洞穴直角拐了幾個彎後，變成死路。那裡嵌著鐵柵欄。

薩布拆下幾根底下的鐵棒，輕易地鑽了進去。伊昂也進去之後，薩布若無其事地把柵欄恢復原狀。

鐵柵欄前方有往下的狹窄階梯。壁面非常光滑，就像經過許多人削磨一般。一直下到底後，在黑暗的通道往左轉，瞬間伊昂大吃一驚，停下了腳步。

眼前出現一個燈火輝煌的明亮空間。是個宛如半圓錐狀兵舍，或是中斷的隧道般的巨大空間。那裡擺了五花八門的東西，宛如賣贓貨的跳蚤市場，許多少年在裡面遊蕩。薩布驕傲地說：

「這裡就是我們的總部。」

感覺就像置身夢境。滿是黑色霉斑的水泥地上覆滿了ＢＢ彈的白色顆粒，有如雪花。而如同赤黑色大蛇般蜿蜒其間的，是擅自牽來的粗電線。

除了白色燈光以外，還掛著工地燈或聖誕節的彩色燈泡，塗成各種顏色的燈散置在地面各處。

牆上滿滿的全是塗鴉，以色彩繽紛的油漆畫著動物、人類及莫名其妙的文字，還有腳踏車的零件、汽車方向盤、輪胎等等都漆了螢光塗料堆置在地上。坐在雪橇上的聖誕老公公舉著手電筒，肯德基爺爺抱著人型模特兒的頭站著。

「這裡是舊軍隊的地下防空洞。」

舊軍隊的地下防空洞——那是什麼東西？伊昂沒聽過這些詞。可是高聳的天花板圓弧頂端的污漬黑得不祥，不管塗上什麼顏色的油漆都遮掩不掉。深處的牆壁角落也一片幽暗，彷彿有亡靈潛伏，可怕極了。薩布他們是為了忘掉這些恐怖的部分，才畫上塗鴉，點上各種燈飾嗎？

突然間，轟聲從天而降，伊昂掩住了耳朵。中央用廢材堆起的舞台上，樂團開始演奏了。兩把吉他和貝斯還有鼓。拿著麥克風，反覆吟唱著陰沉旋律的是一個長髮少年。命令對伊昂處刑的光頭在打鼓。光頭看到了伊昂，但沒半點反應，眼神陶醉似地飄移著。

到處都有利用堆積的紙箱或廢材區隔出來的房間。有個雜亂擺放木桌椅和冰箱的空間，是充當兵舍的意思嗎？地上掉著瓦斯罐，瓦斯爐上擺著大鍋和水壺，前面有幾個少年就站著吃泡麵。腳下有五、六名少年裹著睡袋在睡覺。不曉得是不是嗑了藥，每個人的眼神都昏昏沉沉，欣快症似地指著伊昂笑。

「都內的分部分別位於足立、池袋、築地。夜光部隊負責新宿及澀谷線，所以是最讚的一個。可是今天我實在也累了。伊昂，你還挺能幹的。」

薩布喃喃道，占據石油暖爐前的位置，脫下被水浸濕的髒鞋。行經下水道和排水渠之後，腳都凍成了紫色。

一名十二歲左右的少年也不先熄火，直接補充暖爐的煤油。他把潑出地板的煤油用泥黑的運動鞋底搓掉，又走向其他暖爐。

薩布把凍僵的腳舉在暖爐前開始取暖。伊昂也很冷，但客氣地遠離暖爐。他累壞了，比起寒意，睡意更令他難耐。

從澀谷到新宿，究竟上下移動了多少距離？緊張鬆懈下來以後，傷口和肌肉便痛了起來。而且肚子好餓。他一整天什麼也沒吃。伊昂坐下來閉上眼睛，漫不經心地聽著樂團的歌。歌詞很古怪。

你一定會死
在黑暗中凍死
中彈而死
掉進無底洞摔死
被電車撞死
活埋在土裡而死
笑吧笑吧笑吧笑吧
無聲的凱旋　士兵的名譽
無聲的凱旋　士兵的名譽

你勉強survival
頭破血流survival
後空翻前空翻survival
脫線暴衝survival
挖開墳墓survival
無時無刻survival
笑吧笑吧笑吧笑吧

無聲的凱旋　士兵的名譽
無聲的凱旋　士兵的名譽

「好怪的歌。」
可能是聽到了伊昂的呢喃，薩布在暖爐前慵懶地說：
「這是夜光部隊的主題曲。還有很多其他歌曲。」
伊昂靜靜聆聽著主唱少年那壓低的痛苦嗓音。不久後，有人跟著合唱「無聲的凱旋　士兵的名譽」這一句，變成了大合唱。合唱久久不息，樂隊只好一次又一次不停地演奏。

不過這個地下防空洞聲音完全不會共鳴。就像被不祥的牆壁污漬給吸收了似地，聲音融入幽暗的四方黑暗裡消失。

「你一定會死」。這句歌詞一直盤旋在伊昂的腦袋甩不開。沒錯，如果我待在這裡，一定會死。伊昂興起一股如此駭人的預感。這麼陰鬱的歌，究竟是誰寫的？

「別睡，起來！」

有人粗魯地搖他的肩膀，伊昂醒了過來。因為疲勞，他在不知不覺間睡著了。伊昂前面站著一個高個子少年。

「記得我嗎？我是曹長丸山。你真的想入隊？不會是想要報復吧？」

眼角上揚的眼睛，擦得晶亮的軍靴、迷彩裝、黑色貝雷帽，還有插在腰間的刀子。是射擊伊昂的雙腿，對他「處刑」的人。壞到骨子的細眼質疑著伊昂的本意。

伊昂不知道該擺出什麼樣的表情，臉僵在那裡。

「老實說吧你。你來這裡的目的是什麼？」

抹了鞋油，擦得晶亮的黑靴子輕輕踹上伊昂被「處刑」的傷痕一帶。伊昂慌忙站起來。

「我沒有什麼目的。夜光部隊很讚，我想要加入。」

伊昂模仿薩布的話說。忽然間他發現薩布不見人影，東張西望起來。到處補充暖爐煤油的少年也不見了。不知不覺間，總部裡陷入一片寂靜。

睡倒在兵舍的少年從睡袋裡伸出頭來，滿臉嚴肅地打量伊昂。可能是因為丸山現身，沒有一個人笑。

樂團的人也停止演奏，蹲在那裡，索然無趣地垂著視線。主唱的長髮少年用頭髮遮著臉，坐在舞台上抽菸。

突然間，傳來棒子敲打東西的聲音。光頭像在試驗各種物品的音色似地，用鼓棒隨手敲打牆壁或廢材。

丸山威逼似地俯視伊昂：

「是嗎？我記得你那時說了古怪的話，說什麼你在找『兄弟』。」

「這也是理由之一。」

伊昂承認，丸山面露笑容，慢慢地環顧整個總部。可能是不想跟丸山對望，少年們紛紛俯下頭去。

「這裡才沒有你的『兄弟』。每個都是闇人的小孩，要不然就是被丟在地下的可憐蟲。你吃過在下水道裡釣到的魚嗎？有很多鯰魚跟鯉魚唷。可是每條吃起來都像是家用清潔劑泡沫的味道。如果你覺得我在騙你，吃吃看就知道了。」

丸山瞪住伊昂的臉。伊昂背過臉去，丸山固執地盯著他的眼睛說：

「你空手抓過貓腐爛的屍體或溝鼠的屍體打掃過嗎？沒有吧？有時候還會有人類的嬰兒跟老人的屍體漂過來，或是莫名其妙的古怪動物。地下是名副其實的臭水溝。這裡沒有半個傢伙過得像你這麼幸福。」

我過得幸福嗎？不可能。伊昂想要反駁丸山，試圖想起孩提時代。

可是除了和銅鐵兄弟遊玩的事以外，只剩下片段的記憶，幾乎都記不得了。房子裡總是缺東缺西，沒法每個人都嘗過糖果和果汁，有時候「兄弟姊妹」也會相互爭奪。那種時候，銅鐵兄弟就會說年紀小的孩子很可憐，把他們的份送給其他人。

為了僅有的一個小電視，有時候也會發生搶頻道的爭執，冬天的時候則為了搶棉被而吵架。也幾乎沒有稱得上玩具的東西，都是抓周圍的蟲或外面撿來的樹枝樹葉玩。

唐突地，伊昂想起只有一台的舊遊戲機壞掉時的事。那是件大事。

一個粗魯的「兄弟姊妹」不知為何突然發飆，把遊戲機扔到牆上弄壞了。可是雖然記得這件事，伊昂卻不記得那個最重要的「兄弟姊妹」是誰？也不記得名字。這是為什麼？

我們到底碰上了什麼事？我們原本待的是什麼樣的地方？應該有「大人」養育我們，他們那是在做什麼？

對了。最上是怎麼說的？

「你的父母呢？你有父母吧？」

一開始就沒有。伊昂這麼回答，於是最上微笑了。

「你不可能沒有父母啊。這在生物學上是不可能的。只是你不曉得而已吧。」

自己的父母是在那群「大人」裡面嗎？為什麼我們會是「兄弟姊妹」？

伊昂沉思起來，丸山誇張地咋了咋舌。

「別在那裡發呆。這裡明明沒有你的『兄弟』，你卻怎麼樣都想加入，那麼理由就只有一個。」

伊昂抬頭，丸山口沫橫飛地說了：

「你是公司派來的間諜是吧？」

伊昂察覺少年之間掀起一陣騷動，憤怒宛如表面張力般膨脹起來。狀況不太妙。伊昂舔舔嘴唇：

「公司是什麼？」

「有人僱來殲滅我們的公司。你很會裝傻唷？」

「我是真的不知道。」伊昂拚命辯解。

「丸山大哥，這傢伙真的對地下一竅不通。」

插口伸出援手的，是不知何時回來的薩布。伊昂鬆了一口氣看薩布，但薩布一臉不關己事的樣子。丸山不愉快地對薩布說了：

「那這傢伙為什麼要進部隊？」

「我想住在這裡。我沒有地方可去。」

伊昂當場回答。薩布默默地注視伊昂。

「那得繳錢才行。你帶了錢來嗎？」

伊昂點點頭，丸山伸出髒得嚇人的手說：

「帶了多少？讓我看看。」

「我要給大佐看。」伊昂搖頭。

「我要先檢查。通過我的檢查，我就讓你見大佐。」

「不要。」

伊昂搖頭，把背包抱在胸口。「給我看！」丸山伸手逼近過來，於是伊昂把手伸進背包，摸索底下的手槍。他抓住握柄，緊緊地握住。

「你這種遊民小鬼不可能弄得到錢。其實你根本沒錢吧？」

「我有。可是不能給你看。」

「拿出來！」

丸山戳伊昂。伊昂從背包裡抽出手槍，對準了丸山。

「錢就是這個！」

有人發出小孩子般的尖銳慘叫，像是以沙啞的聲音唱歌的主唱少年。

「喂，是真槍唷？」丸山以帶痰的聲音問。

「看就知道了。要我開槍嗎？」

丸山舉起雙手。不是威脅，伊昂真的很想開槍。

「你小心點啊。明明沒碰過槍，這樣很危險耶？」

「讓我見大佐。」伊昂反覆說。

「丸山，帶他過去。」

光頭轉著鼓棒，不耐煩地說。丸山點頭，一臉不愉快地頂了頂下巴。

終於可以見到大佐了。大佐是銅鐵兄弟嗎？伊昂內心激昂不已。如果不是怎麼辦？只能帶著這把槍逃走了。他大概記得通往排氣口的路線。

「這邊。」

丸山翻過幾個紙箱和廢材隔板，把伊昂帶到總部深處。

暗處各有幾名少年聚在一塊，以目光追著跟丸山走在一起的伊昂。其中也有幾個像是去過澀谷宮殿的「士兵」，不過每個人看到伊昂和槍以後，視線都在半空飄移，發出嘆息。各處傳來「真槍耶」、「好厲害」的喃喃聲。

丸山把伊昂帶到地下防空洞的盡頭。深處有個不起眼的階梯，一座被無數的人長時間踩踏出來的階梯。

階梯盡頭是死路，左邊有門。自己會不會被騙了？伊昂害怕起來。

「大佐就在這裡面，去吧。」

伊昂的背被粗魯地推擠，他把槍口對準丸山，用背推開門。男人的聲音響起：

「你就是想入隊的？」

伊昂吃驚地回頭。

2

那裡站著一個小個子的老人。白髮及肩，穿著上下成套、髒得要命的灰色運動服。年紀看起來跟山田爺差不多，大概八十歲左右。

「進來，門關上。」

習於命令的聲音十分粗獷。伊昂老實地反手關上門，但對方不是銅鐵兄弟，令他非常失望。

即使如此，他還是心懷期待地四處張望，看看兄弟是不是躲在房間裡。然而矩形的狹小房間裡除了老人以外沒有別人。也幾乎沒有家具。

牆邊靠放著一張細長的鐵床。一台舊式的小電視開著，不知道是不是拿來取代照明。旁邊堆著已經變成古董的錄影帶播放機。

電視畫面映出來的是黑白老電影，正播到高個子外國男星和髮色近黑的女子親密地用外國話交談的場面。女子端莊可愛，露出伊昂從來沒在澀谷街頭的女人臉上看過的表情。

「你就是大佐嗎？」

伊昂回過神來，勉力問了這句話。大佐咳了一聲：

「沒錯，我就是大佐。」

伊昂拚命掩飾內心的失望。他心中某處堅信銅鐵兄弟在等他，然而等著他的卻是個老人。

繃緊的神經一下子鬆弛，力量從雙腳溜走。伊昂一陣昏眩，無法支撐沉重的頭蓋骨，天旋地轉。別說雙胞胎了，這裡就只有一個陌生的老頭子，自己怎麼會在這裡？

我是為了什麼千里迢迢來到地下的？我是為了什麼拋棄地上世界的？誰來告訴我！

「哦？真稀罕。你手上那把不是新南部*嗎？從哪弄來的？」

大佐連槍一同握住伊昂的手，伊昂想要掙脫。大佐的力氣很大。

「不要碰！」

「噯，別激動。」

大佐用被菸薰成黃色的食指頂住伊昂的額頭說。

「好嗎？你什麼都不懂，所以聽我的話。」

「嗯。」

「不是『嗯』，是『是，我知道了』。」

「是，我知道了。」

複誦之後，伊昂的頭一陣疼痛。他累了。身體吱咯作響。完全到了極限。我該去哪裡才好？伊昂抱住頭。

大佐一臉不可思議地看伊昂。

「怎麼了？」

「不知道。可是我要找的人不在這裡。」

大佐以帶痰的聲音怒吼了。他好像很不高興。

「誰叫你自以為是了？你是在找誰？」

＊新南部M60手槍，為日本警察及皇宮護衛官專用手槍。

「兄弟。」

「這裡沒有兄弟。住在這裡的人沒有半點血緣關係。沒有親子也沒有兄弟。」

大佐的運動服胸口有許多像是吃東西濺到的黃色污垢。這副德性跟住在公園村的遊民長老山田爺有什麼兩樣？什麼大佐，什麼夜光部隊嘛。

伊昂內心的失望化成不滿，猛烈地膨脹。

「喂，你叫什麼名字？」大佐頻頻瞄著電視畫面問。

「伊昂。」

「伊昂，姓什麼？」

「沒有姓。」

大佐瞧不起人似地笑了。

「光是這樣你就有入隊資格了。有姓氏的人很難加入夜光部隊。」

可是伊昂對夜光部隊已經沒興趣了。既然銅鐵兄弟不在這裡，就算待在這種陰森森的地方也沒用。

「大佐，我不用入隊了。」

大佐苦笑：

「你這孩子怎麼這麼無禮。你是看到我才突然不想入隊的吧？沒有這樣的。你是想加入部隊，才特地跋涉過來的不是嗎？而我就是為了讓你入隊，才派薩布去接你的。你為了入隊，甚至還去偷了槍，不是嗎？」

「是啊。」

「那為什麼又不入隊了？」

「這裡沒有我兄弟。」

大佐愉快地笑了：

「你這固執的傢伙。喂，你這把槍是從哪偷來的？」

「從道玄坂置物櫃店的老太婆那裡搶來的。」

伊昂老實地回答，大佐顯得很高興地說：

「十字店的光子是吧。光子她還帶著槍啊。」

原來自己搶的店叫「十字店」，而手槍婆名叫「光子」嗎？知道了專有名詞後，伊昂再次為自己的行為感到可恥，可是覆水難收，自己已犯了罪。伊昂望向手中的槍，突然感覺沉重不已，他想把槍丟了。搶到槍時，他認為自己無所不能，現在卻只覺得槍可怕極了。他深覺這把槍總有一天會害了他。

「好嗎？你聽仔細了。槍有安全裝置，不把擊錘扳起來，就不能發射。你拿著槍，卻連怎麼開槍都不曉得，這樣太危險了，交給我吧。」

伊昂氣憤地說：

「你要搶我的槍？」

「不是，借一下而已。我很久沒摸到真槍了，想懷念一下。」

大佐伸出厚厚的手，態度不容分說。伊昂把槍放到他的掌上。一放開沉重的槍，整個人就全身無力。伊昂一陣虛軟，倒在冰冷的石地上。

「怎麼啦？簡直就是小鬼嘛。你幾歲？」大佐調侃般的聲音從天而降。

「不曉得。」

「十三、四歲吧。還是更大？」

「大概。」

「你怎麼會不知道自己的年紀？」

「我不記得小時候的事。」

「真方便。」

大佐說了跟薩布一樣的話。為什麼呢？伊昂詫異著，昏迷了似地睡倒在地上。

自己睡了多久？醒來一看，他人還躺在石地上，整個背都涼透了。

大佐好似忘了伊昂的存在，坐在床上，全神貫注地看電視，手裡把玩著伊昂的手槍。

剛才的電影還沒演完。男女坐在汽車座位上，開心地聊著。這兩個人總是親密地在聊天。伊昂仰望畫面，想起最上和凱米可。他們兩個好嗎？即使自己死在地下，他們也會記得他嗎？

「你醒了？」

大佐回頭，伊昂立刻就要爬起來，但大佐制止他。他的態度變得和善了一些。

「想睡的話就休息。人一進地下就會想睡。尤其是冬天，特別想睡。真的唷。以前我總是躲在睡袋裡，成天呼呼大睡。」

伊昂想起夜光部隊的少年裹著睡袋的模樣，微微地笑了。

「剛才你說你在找你兄弟，是怎樣的兄弟？」

「叫銅跟鐵的雙胞胎。大我三歲。」

「這裡沒有叫那種名字的兄弟，也沒有雙胞胎。」

大佐當下否定。果然——伊昂正感到失望，大佐又說了：

「可是有個叫錫的孩子。」

「錫？女的？」

「不，男的。夜光部隊的歌是他寫的。他是那個……叫什麼去了？對了，創作歌手。」

那首陰沉的歌嗎？伊昂想見錫了。

「我想見他。」

「想嗎？那麼我先允許你入隊吧。」

大佐站起來，取下掛在髒牆鉤子上的舊式麥克風：

「通告全隊員，這裡是大佐。伊昂從今天起正式成為夜光部隊一員。伊昂將手槍獻上部隊有功，因此破例晉級，封為准尉。諸位也勿氣餒，繼續奮鬥努力，為夜光部隊做出貢獻。還有，薩布到大佐室來。」

伊昂聽著大佐的聲音微微迴響地響徹整個地下防空洞。他不知道「准尉」是什麼，但可以猜到他因為置物櫃店的手槍而獲得了特別待遇。

「這樣就行了。」大佐轉向伊昂說。「你可以盡情待在這裡，跟部隊一起行動、搶錢、對抗公司，吃剩飯過活吧。」

「我要見錫。」

「你怎麼搞的？連點禮儀都不懂嗎？先向准你入隊的我道謝！感謝我！」

大大佐火冒三丈。伊昂急忙低頭，但已經遲了。大佐的巴掌冷不防摑上了伊昂的臉頰。大佐的手掌極厚，衝擊大到根本不像是巴掌。伊昂踉蹌，按住挨打的臉頰。痛得他眼淚都飆出來了。

「幹嘛突然動手？太過分了。」

大佐一臉嚴肅地吼道：

「什麼過分？你現在是隊員了。既然是隊員，就給我放規矩點。夜光部隊的規矩很嚴。你不是肖想可以吃白飯才進來的吧？」

「不是。」伊昂拚命忍痛答道。

「你不曉得夜光部隊是什麼就要求入隊。要是我來看的話，你是個白痴。軍隊這地方，叫你舔鞋子，你就得閉嘴馬上舔。」

伊昂啞然聽著，結果大佐用力戳他的背說：

「給我立正聽好！」

「啊，對不起。」

「什麼『啊，對不起』。腳跟並攏，抬頭挺胸立正，回答『是！』。給我一直做到我說好為止。」

伊昂一次又一次地回答：「是！」他什麼也沒吃，所以頭暈目眩。伊昂在練習的時候，大佐去更換錄影帶，播放其他電影。這次是戰爭電影。雄壯的音樂傳來，數架直升機成群飛過。大佐好半晌渾然忘我地看著畫面。

「大佐，已經可以了嗎？」

伊昂鼓起勇氣問，大佐眼神空洞地看他：

「什麼東西可以了？」

「『是』的練習。」

「說『報告大佐，是「是」的練習』。」

報告大佐，是「是」的練習。報告大佐，是「是」的練習。伊昂又不停地重複，但大佐好像早已對教育伊昂失去興趣，眼睛淨盯著畫面看。

敲門聲響起，接著是話聲：「我是薩布。」大佐頂了頂下巴，要伊昂去開門，伊昂打開門。薩布立正站在外頭。

「薩布，教這傢伙怎麼說話。」

大佐說完，推著伊昂的背把他趕出去，門「砰」地一聲關上了。他是想自己一個人享受喜愛的電影吧。

陰暗的通道上，薩布看著伊昂的臉冷笑：

「一進來就升准尉啊？」

「什麼意思？」

薩布聳聳肩：

「准尉比丸山還要高一級。那傢伙不能幹掉你了，讚呢。」

沒看到丸山的人影，不過他可能正從地上的睡袋偷偷觀察這裡。伊昂咬住下唇。雖說是自願的，但進入全是粗暴少年的世界裡，令他困惑。遊民的公園村是由大人自治管理，因此沒有令人看不下去的野蠻行為。

「這是部隊的階級，所以只在活動的時候有關係，不過丸山一直都是那副德行，愛耍威風，是個不折不扣的惡霸，你要小心。」薩布低喃說。

「薩布，我沒想到大佐會是那樣的老人，你為什麼不一開始就告訴我？」

伊昂責怪薩布說。難道在這裡不能信任任何人嗎？然而薩布板著臉說：

「你這是什麼話？他養育我們這樣的孩子，是我們的恩人。雖然腦袋怪怪的，但他支配著軍隊，沒有人會說什麼。大佐就是絕對。」

伊昂的肚子叫了起來。總部充滿了食物的香味。薩布拉扯伊昂的袖子說：

「晚飯來了，吃吧。」

中央的瓦斯爐台擺了個大鍋子，熱氣蒸騰。前面排著一列少年，手中都拿著杯麵容器。這情景和食物發放一樣，唯一不同的是負責盛伙食的是自己人的少年。

先前到處補充煤油的少年，表情認真地將鍋中的湯汁舀進各人的容器裡。

「我們也去排吧。」薩布從懷裡掏出一只缺了邊的泡麵容器。

「我沒有東西裝。」

薩布默默地翻找附近的垃圾袋。他從裡面挑了一個感覺還能用的容器和衛生筷遞給伊昂。

容器沒洗過，而且不曉得多少人用過，但伊昂餓了，不介意。想到自己也會漸漸習慣這種比街頭生活更骯髒隨便的生活，雖然不安，卻有也種想要就這樣自暴自棄墮落下去的快意，不可思議。

「准尉，你要多少？」

少年用大湯勺攪動湯汁。濃稠的雜燴湯裡似乎什麼料都有。

「當然是全滿。」薩布從旁插口說。

伊昂和薩布占據石油暖爐前面吃著雜燴湯。菜屑、肉片、香腸、竹輪、速食麵、飯團，雜燴湯裡什麼都有，滿好吃的。

「怎麼樣？好吃嗎？」薩布一眨眼就吃個精光，叼起菸來問。

「好吃。」

「跟公園的比起來哪邊比較好吃？」

「這邊的比較好吃。」

伊昂撒了謊。公園村裡有當過廚師的遊民，也有許多食物銀行送的食物，比這兒的伙食美味太多了。可是薩布滿足地炫耀說：

「咱們部隊的伙食在地下也是赫赫有名的。尤其是榮太煮的飯特別讚。那傢伙打死也不會偷倒泥水進去。」薩布指著年約十二歲的少年說。

榮太好像發現自己成了話題，朝這裡投以陰沉的視線。

「有時候出去地上，吃到漢堡或炸雞，就會覺得好吃到快死了。也有人因為地下沒有食物而逃到地上去。」

「跟我相反。」伊昂低沉地說。

失去了目標，留在地下，他不知該作何想法。

「你猜那傢伙怎麼了？一下就死掉了。說是我們成天在黑暗裡爬行，皮膚變得很脆弱。」

「上次你們去澀谷宮殿是訓練嗎？」

「對。難得的地上訓練，而且是縱火的差事，每個人都興奮得要命。」

回想起自己的城堡被搶的痛楚，伊昂沉默，但薩布沒有察覺，繼續說下去：

「那是頂多兩個月一次的出動，所以每個人都卯足全力。像丸山，簡直像是茫了。」

伊昂喝光了湯。他還想再吃一碗，但看沒有人再去添第二碗，部隊的伙食應該就只有這樣吧。

「要抽嗎？」

薩布勸菸，伊昂有些猶豫，還是拿了一根。薩布為他點火，伊昂吸了一口，馬上就被煙嗆到，但他勉強抽完了一根。整個嘴巴澀澀苦苦的，難受極了。他用衣服袖口擦拭嘴角，薩布用手肘撞他的側腹部說：

「不用勉強啦。」

「我才沒有。」

伊昂覺得不可思議，自己怎麼會想要抽什麼菸？如果經常抽菸吸毒，會不可自拔。要是弄不到這些東西，已經夠苦的街頭生活會變得更難熬。所以不要去碰嗜好品——這話是誰說的？應該不是模範生最上。那麼是公園村裡的誰嗎？難不成是金城？

伊昂逃離兒保中心以後，曾經當了一陣子金城的小弟，一起生活。當時金城試圖利用街童有效率地弄到錢和糧食，伊昂也曾經被派去在有錢人光顧的購物中心乞討，或是去排隊領食物。

可是街童長大以後，也愈來愈懂得自我主張，接二連三離開了金城，就像伊昂那樣。金城只知道坐享其成，剝削孩子們的好處，他的下場慘不忍睹。伊昂想起在青梅街道碰到金城時那半瘋癲的模樣，搖了搖頭。

「你在想什麼？還皺眉頭。」

薩布把骯髒的手放在伊昂面前甩了甩。伊昂苦笑。

「什麼也沒想。」

「胡說，你在發呆。懷念地上對吧？你想回去地上，跟遊民姊姊親熱對吧？等姊姊跟你說：聖誕節就快到了耶！」

「我想都沒想過。」

伊昂覺得嘔氣，但是和薩布拌嘴很有趣。一方面是因為伊昂過去從來沒有同齡的朋友，也因為一個人獨處是他的常態。可是自從感覺到銅鐵兄弟就在附近，伊昂就再也無法忍受孤獨了。

「伊昂，你跟我不一樣，應該很受女人喜歡吧，啊？」

薩布傻呵呵地笑著，把菸揉熄在地板後，將菸屁股珍惜地收進口袋。然後他把伊昂還拿在手上的菸屁股搶也似地拿走，一併塞進口袋裡。

用完簡陋的晚餐後，隊員三三兩兩聚在一塊兒抽菸或看舊雜誌。幾個人仰望著天花板，總部的照明好像變暗了一點。

「薩布，關於那張圖……」伊昂開口。

「什麼圖？」

薩布拿胳臂當枕頭，躺在處處冒出黑黴的石地上。

「你們來澀谷宮殿時，在牆上畫的圖。我在那裡看到兄弟的記號。」

「你老講這事件。什麼兄弟的記號啊？」

薩布沒興趣地打了個大哈欠。

「或許你已經聽膩了，可是畫在那裡的是我的兄弟。我想見我的兄弟。拜託你，幫幫我吧。」

薩布搔著被污水沾濕而黏膩的頭髮說：

「就跟你說沒有啦。這裡沒有叫作銅或鐵的人，也沒看過雙胞胎。」

「那那張圖是誰想的？不是大佐吧？我怎麼樣都想知道。」

「那大概是錫想的吧。」

薩布回答。又是錫。

「夜光部隊的主題曲也是錫寫的嗎？那傢伙現在在哪？」

伊昂一下子湧出興趣，探出身子，但薩布似乎敵不過睡意，邊打哈欠邊瞇起眼睛。

「他不在。」

「那他在哪？」

「那傢伙我不曉得啦。」

「為什麼不曉得？」

薩布躺著，不耐煩地「哦」了一聲。話聲已經變得曖昧模糊。

「我不清楚啦。」

「真的假的？這地方這麼小，怎麼可能沒見過？少騙人了。」

伊昂生氣地說。但薩布的舌頭已經不靈轉了：

「真的沒見過啦。」

「薩布，你想騙我嗎？你在下水道時也曾經想要把我丟下。」

「哎唷，伊昂，我只要吃完晚飯就會想睡啦。」

「為什麼？」

但伊昂也覺得身體沉重得不得了，眼皮快蓋下來了，鼾聲響起。薩布已經睡著了。

榮太把丟在各處的泡麵容器接連扔進黑色塑膠袋裡回收。伊昂以為那是垃圾袋，不過到了吃早餐的時候，可能又會從那裡拿出來用吧。

「你吃完的容器可以放裡面嗎？」

榮太指著塑膠袋問。伊昂慢慢地點著頭呢喃：

「欸，我覺得睏得要命，為什麼？」

伊昂費盡全力抬起頭來四下張望，幾乎所有的「士兵」都在暖爐周圍或睡袋裡閉著眼睛。榮太盯著自己全黑的指甲說：

「晚飯裡面放了讓人想睡覺的藥。」

榮太頭髮很長，一直留到背後，可是劉海理得短短的，就像鬃毛一樣，所以看起來就像鬣狗或野狗。他穿著染滿污漬的灰色連帽外套和骯髒的牛仔褲，運動鞋滿是泥巴。這裡的少年打扮幾乎都跟榮太一樣。

「為什麼要那樣做？」

伊昂的舌頭已經快要動不了了。

「是大佐命令的。」榮太一邊收拾伊昂的容器一邊說。「大佐說地下一直是暗的，如果不那樣做，節奏會混亂，生活會變得亂七八糟。」

榮太可能是覺得亂七八糟這個詞好笑，面露淡淡的笑。可是那就像薩布照亮深邃豎坑的頭燈光芒般，一下子就消失了。

「你不會想睡嗎？」

榮太聳聳肩。

「我做完飯馬上就吃了，然後再放藥進去。」

「為什麼你自己不睡？」

「我不想睡。」

「為什麼？」

說出最後一個問題時，伊昂人已經意識朦朧了，但他確實聽到了榮太的回答。

「我討厭作夢。」

你會做什麼樣的夢？腦袋清晰的自己看見睡得像灘爛泥的自己的幻影，就像地上世界的自己在詢問徬徨於地下黑暗的自己。然而從這裡開始，伊昂的意識就煙消霧散了。

「起來！快點！」

有人搖晃伊昂的肩膀。伊昂想要睜眼，但雙眼就像被接著劑黏住了似地睜不開。他想要回話，但可能是安眠藥的作用，怎麼樣都發不出聲音來。

「我帶你去見錫。伊昂，起來！」

聽到錫的名字，伊昂總算睜開眼睛。看著伊昂的是光頭男子。是命令丸山對伊昂處刑的可恨男子。但伊昂忘不了他打鼓時的陶醉神情。

「對不起，我睏得不得了。」

伊昂總算擠出這幾個字。光頭死了心似地說：

「聽好了，明天不要吃晚飯。懂了沒？」

伊昂半夢半醒地點了點頭。

3

隔天早上，伊昂帶著劇烈的頭痛醒來，旁邊薩布正一臉呆滯地抽著菸屁股。

「起來了？」薩布瞪著總部圓圓的天花板問。

吊在各處的燈光明晃晃的，情景就和昨晚完全相同。伊昂不曉得究竟過了多久，對記憶失去了自信，瞬間感到恐懼。

在地上露宿的時候，他透過時間和季節的遷移去體感生活；也曾經因為過於害怕夜晚的黑暗、恐懼寒冷，而為早晨的陽光歡喜。盛夏的時候則相反，對早晨的來臨痛苦萬分。照亮大樓牆壁的朝陽變化、柏油路被加熱然後冷卻的過程、公園的草香和土味、冬天自來水凍寒的冰冷，這一切都教人懷念，伊昂忍不住深深地吸了一口氣。

然而飄盪在地下防空洞的卻是強烈的黴臭味和餿掉的食物及臭水溝的惡臭，還有成長期的少年散發出來的野獸般體臭。這裡找不到半樣氣味宜人的東西。自己真的能在這種地方生活下去嗎？

「吃早飯吧。」

聽到薩布的聲音，伊昂發現枕邊擺著容器。

「不快點吃掉，會有人來搶。我幫你盯著。」

薩布賣人情地說。看來只有伊昂一個人睡過頭了。周圍悶著嘈雜的話聲，總部內一片鬧哄哄。

伊昂勉強爬起來，可是每個動作都讓他頭痛欲裂。他忍著頭痛，拿起裝早餐的保麗龍容器。容器裡盛著褐色的湯，漂浮著快腐爛的魚肉香腸和切碎的波蘿麵包般的物體。伊昂沒有食欲，把容器放回地上。

「頭好痛，怎麼會這樣？」

「我有時候也會頭痛。」

薩布憤憤地同意。伊昂想起榮太說晚餐裡面經常會摻進安眠藥。頭痛會不會是藥物引起的？

「快吃，杯子自己拿著，不然又得用骯髒的容器吃飯了。」

薩布說，伊昂努力勉強把食物塞進胃裡。然而劇烈的頭痛讓他快吐了。

「吃不下。」

「那給我。」

薩布迫不及待地從口袋裡掏出湯匙，吃起伊昂的早餐。周圍的少年都一臉羨慕地看著。伊昂躺著，看著薩布狼吞虎嚥的吃相。他忽然感覺到來自背後的目光，回過頭去，結果跟在地下防空洞深處旋轉著鼓棒的光頭四目相接了。

「聽好了，明天不要吃晚飯。懂了沒？」

他忽然想起光頭出現在深夜的事。那傢伙的確是說「我帶你去見錫」。那是在作夢嗎？如果是真的，光頭要告訴我什麼？

然而與伊昂對望的光頭臉色絲毫不變，直接別開了視線，表情中看不出半點興趣。果然是夢嗎？因為睏得意識朦朧，伊昂沒有自信斷定那是現實中發生的事。

「薩布，那傢伙叫什麼？」伊昂偷偷指著光頭的背影問。

「和尚。階級比你高，是中尉，次於大佐而已。」

「和尚？為什麼？」

「不曉得，因為他光頭吧？聽說他一出生頭上就沒半根毛了，光禿禿的。」

薩布發出刺耳的大笑。可能是聽到了笑聲，和尚遠遠地瞪了一眼，薩布慌忙垂下頭去。他會害怕和尚嗎？肩膀微微顫抖著。

和尚穿著卡其色的背心，底下是迷彩花紋長褲。上半身比任何人都要魁梧，不曉得是不是混了外國人的血，五官也很美。和尚那出類拔群的外形壓倒了周圍的少年。

和尚要榮太提著油漆罐，以大膽的動作用刷子在牆上畫起大型壁畫來。先是黑色的輪廓線。是一個長髮女人抱著幼兒的圖。少年們默默地圍觀著。

伊昂強忍頭痛，總算站了起來。他搖搖晃晃地靠近和尚，站在他背後看畫。沒有錯。在澀谷宮殿的牆上畫下銅鐵兄弟的，就是和尚。

和尚回頭，瞥了伊昂一眼，但沒有說話。伊昂向他喊道。

「和尚。」

和尚不回答，伊昂走近一步。

「和尚，方便嗎？」

「喂，誰來教一下這傢伙什麼叫作階級！」

伊昂得到的是尖銳的罵聲。周圍的人哄堂大笑。伊昂大受打擊，僵在原地。和尚昨天還拍我的肩膀，想要把我叫起來，那果然是夢嗎？伊昂懷著屈辱和混亂，回到薩布所在的地方。薩布馬上急急地呢喃問：

「你要跟和尚說什麼？」

「沒什麼。」

「和尚年紀最大，發起飆來超恐怖的，連大佐都對他另眼相待。你千萬別惹他啊。」

掌聲突然響起。伊昂悄悄轉過去一看，和尚的壁畫完成了。輪廓線裡塗滿了顏色。女人的臉是白色，頭髮是黃色，幼兒的臉塗成紅色。伊昂一下子就被那張畫給吸引了。

那張臉似曾相識。難道那是在畫凱米可？一頭黃髮的女人眉毛極淡，眼周也塗成藍色。抱著孩子的手指根部畫了疑似藍色刺青的文字。和尚怎麼會認識凱米可？伊昂內心的激盪遲遲無法平復。

伊昂不知道時間怎麼過去的。在相同照明、相同氣味、相同人群聚集的總部裡面躺著打發時間，不知不覺就到了晚餐時間。沒看到大佐，也沒有廣播。丸山也不曉得去了哪裡，不見蹤影。

大鍋子被放到瓦斯爐上。榮太從冰箱裡取出材料，扔進鍋裡，不久後食物的氣味開始飄散出來。榮太一邊試吃，一邊吃自己的份。沒吃到早餐的伊昂肚子叫了起來。

不久後，少年拿著容器在榮太前面排起隊伍。伊昂也跟著薩布一起排隊，接過榮太用大勺子舀的雜燴湯。

伊昂餓得快死了，卻猶豫著不敢動口。萬一昨晚和尚真的來了，他今晚絕對不能被藥迷昏。可是如果那只是夢，伊昂就得忍著飢餓睡覺。醒來之後幾小時，待頭痛解除後，他就餓得不得了。伊昂看著同伴拿著地上帶進來的杯麵等食物配晚餐，與空腹搏鬥。

「你怎麼不吃，伊昂？」

薩布以懷疑的眼神觀察伊昂的模樣。

「頭還是很痛。我再忍一天好了。你要吃我的份嗎？」

薩布高高興興地吃伊昂的晚飯，少年們都羨慕地看著。榮太過來了。

「准尉，我做的飯不好吃嗎？」

伊昂搖頭：

「我的頭還在痛。」

「你是作了噩夢，准尉。」

榮太笑著離開了。那果然是夢嗎？

薩布因為吃了兩碗，打鼾熟睡了。伊昂看著薩布，托著腮幫子。整個總部滿是刺耳的鼾聲。

「伊昂。」

他聽見細語呢喃。和尚站在總部角落。伊昂站起來，掃視地下防空洞裡面。在各處的少年睡得像死了一樣。有的人躺在睡袋裡，有的人裹著骯髒的毯子，也有不少人像薩布那樣，什麼也沒鋪蓋，直接睡在冰冷的地上。每張臉都表情空洞地打鼾。

昨晚的自己也是這樣嗎？安眠藥的效果實在恐怖，伊昂小心避開同伴的腳，走到和尚那裡。和尚戴著黑色毛線帽，等伊昂過去。

「你沒吃飯。了不起。」

雖然被稱讚了，但伊昂並不開心。他的肚子在叫。

「餓了嗎？這給你。」

和尚從口袋取出麵包折成兩半，丟給伊昂。和尚給他的麵包硬得幾乎會崩斷牙齒，但愈嚼愈香。伊昂吃了一點，收進口袋。

「你為什麼想見錫？」

和尚以銳利的眼神盯住伊昂。和尚的眼睛是帶黑的綠，顏色就像深邃的沼澤。伊昂被近處看到的和尚美麗的五官和眼睛魅住，整個人恍惚了。

「我想問錫知不知道銅鐵兄弟。我想知道你畫在澀谷宮殿的圖畫的祕密。」

「的確，那張圖是錫想出來的。那傢伙寫歌寫詞，塗鴉的構圖也都是他想的。」

「錫在哪裡？」

伊昂感到焦急。他深切地感覺如果不快點去見錫，錫就會消失不見。是因為和尚用過去式談論錫的緣故吧。結果和尚舉起手來制止：

「等一下，在那之前我也有件事要確定。你帶來的槍在哪？」

「大佐拿去了。」

伊昂回頭，望向通往大佐房間的階梯暗影。只有那裡一片寂靜，漆黑混濁，彷彿散發出瘴氣。

「那麼你去把槍要回來。那把槍給我，我就帶你去見錫。」

「為什麼要我去拿？你自己去不就行了？」

伊昂想知道和尚在想什麼，拚命瞪著他綠色的眼睛。然而從和尚有如暗沼的眼中，他什麼也讀不出來。

「過去夜光部隊裡沒有真槍，可是你把真槍帶進來了。說起來，等於是你帶來了最大的災厄。大佐有了槍，一定會更加橫行霸道。其他部隊一定也會想要來搶奪。所以我要在出事之前先保管起來。」

「你自己去拿不就好了？」

「是你帶進來的。你要負責。」

和尚突然揪住伊昂的後頸，猛力推了他一把。伊昂不像樣地跌倒在石地上。他看著滾出口袋的麵包，心想：這就是代價嗎？

「把槍從大佐那裡拿回來，否則我不讓你見錫。」

伊昂無奈，只好前往大佐的房間。房門緊閉著，但底下的隙縫傳出光和電視機的聲響。豎起耳朵，還可以聽到細微的鼾聲。伊昂下定決心打開門。大佐仰躺在床上睡著。

開著的電視機畫面影像品質很粗糙，錄影帶似乎拷貝過無數次了。鉛灰色的天空底下，俯望港口的小丘上，一群年輕士兵奮戰著。有人揮舞紅旗，有人中彈倒地。士兵的軍服衣襬很長，長靴沾滿泥濘。是慘烈的戰鬥場面。

伊昂瞬間被畫面吸引，但因為聽到大佐的低吟而回過神來。大佐也吃了安眠藥嗎？他張著嘴巴，睡得很痛苦的樣子。

伊昂尋找手槍。可是這房間小到幾乎連家具也沒有，卻沒看到手槍。忽然間，伊昂發現翻身的大佐枕頭底下露出槍的握柄，便輕輕地把槍抽出來。

「要我還給你嗎？」

大佐冷不防開口，伊昂嚇得後退，撞到椅子跌坐在地。大佐睜著眼睛看伊昂。

「喂，不要默不吭聲地拿走。」

「對不起。」

伊昂拿著手槍道歉。大佐費勁地喘了一口氣，撐起上半身。

「噯，本來就是你拿進來的嘛。不過啊，其實那是我的新南部。」

「你怎麼知道？」

「十字屋的光子以前是我老婆。現在怎麼樣我是不知道，反正她人還活著就好了。」

「你要走的路，盡頭只有地獄。」

伊昂想起手槍婆的預言，不安得臉色發青。沒想到大佐跟手槍婆以前會是夫妻。宛如被牽引似地把槍送來給大佐的自己，是不是真的正一頭栽進地獄裡？伊昂興起了強烈的不祥預感。

大佐瞥了電視機畫面一眼，大大地咳了一聲：

「那把槍啊，是我還在當警官時的紀念品。」

「你以前是警察？」

「對。可是我殺掉同事逃走了。那個時候我把槍給了光子，交代她現在世道亂成這樣，槍得偷偷藏好。然後我死了。」

「你不是活得好好的嗎？」

「不，活在地下，就形同在地上死了。地底沒日沒夜，再也沒辦法回到地上。生活在天花板封死的洞穴裡，很教人沮喪，對吧？就跟待在墓穴裡頭沒兩樣。你為什麼來這裡？你應該忘掉過去，忘掉兄弟，活在地上的。」

大佐深深嘆息，雙腳放到地上。腳趾甲漆黑，已經壞死了。大佐一副疲累的模樣，雙手抹臉抹了好一陣子。然後他用黯淡無光的眼神看伊昂：

「好了，伊昂，那把槍借我一下。我不叫你還我。反正是和尚想要，吩咐你來拿的吧？我一清二楚。和尚想要取代我。他想要統治黑暗世界，成為冥界之王。我知道地上世界，所以是個窩囊廢。但那傢伙是闇人的孩子，跟我不一樣。」

大佐微直起身，手伸向伊昂。

「好了，把槍借我。」

伊昂被大佐的氣魄嚇到，一路退到牆邊去。

「那不用借我好了，送我一顆子彈吧。」

大佐敞開襯衫胸襟。伊昂一頭霧水，愣在原地。

「新南部的子彈有五發，其中一發給我，剩下還有四發，你可以幫自己留一發。只要待在這裡，遲早都需要。話又說回來，這把槍會回到我身邊，一定是命中注定。伊昂，你不想借我，就開槍射我吧。」

「我做不到。」

伊昂哆嗦著抱住了頭。大佐伸手過來，輕易地把槍從伊昂無力的手中搶走。

「不好意思啊，伊昂。我很高興。託你的福，總算可以畫下句點了。你是上天派來的啊，伊昂。如果你還有機會遇到光子，幫我道謝。不，不用道謝。跟她多說，可能會害她擔心。」

大佐含住從伊昂手中取過來的槍。伊昂連制止都來不及，大佐立刻扣下了扳機。轟的一聲，甚至感覺不到任何一絲猶豫。

伊昂最後看到的是耳鼻口噴出大量鮮血斃命的大佐的臉。

「怎麼了？」

房門猛地打開。

和尚綠色的眼睛驚愕地大睜，然後悟出了一切，顏色再次變得深沉，而伊昂忘我地看著箇中變化。是神經麻痺了嗎？他什麼也感覺不到，什麼也無法思考。

4

最上，救救我。

我好怕。

我好沒用。

伊昂跟在走過漆黑洞窟的和尚身後，拚命振作幾乎要崩潰的情緒。這種時候伊昂在內心求救的對象，不知為何竟是最上。

伊昂好想聽聽最上說話。一點點就好，他想要最上鼓勵他。可是把最上的信像垃圾一樣丟進置物櫃的，不就是自己嗎？明明最上或許是唯一一個可以把伊昂救出苦海的人。

和尚不時回頭觀察伊昂的模樣，就像要把滿腔後悔、指望著最上拯救的伊昂拉回黑暗世界似的。

「別在意，伊昂。大佐本來就一直想死。不是你害的。他反倒很感謝你吧。」

不管和尚怎麼安慰，大佐死在眼前的衝擊都太大了。伊昂腦中不停地浮現大佐的死相，每一想起，他就怕得幾乎要尖叫。

和尚不理會伊昂，俐落地繼續行動。他馬上叫來榮太，吩咐他幫忙善後。兩人搬運大佐的屍體，抬到最底下的漆黑下水道扔掉。然後和尚命令榮太清掃大佐房間的鮮血，把伊昂帶了出來。他說「我帶你去見錫」。

伊昂害怕能夠冷靜俐落地處理這些事的和尚。大佐都用手槍自殺了，卻沒有任何一個少年醒來，這詭異得令他渾身發毛。夜光部隊人工的白晝與黑夜是由大佐所操控的，今後將會變得如何？

太多事掠過腦海，過度的衝擊與疲勞讓伊昂茫然若失，勉強挪動著雙腳。和尚回頭，斥喝慢吞吞的伊昂：

「伊昂，不要落後。不快點天就要亮了。」

也就是少年們會醒來吧。

和尚手中握著強力手電筒，筆直的光束照亮洞窟深處。伊昂害怕看到那道光會照出什麼。他好想哭。

走在前面的和尚把槍插在皮帶裡。

新南部的子彈有五發，一發為你自己留著，大佐這麼說。那麼剩下的三發要拿來射人嗎？使用最後一發的時候，是不得不像大佐那樣選擇死亡的時候嗎？一想到這裡，伊昂的雙膝猛地哆嗦起來。

「快到了。加油。」

和尚說。伊昂不知道地下防空洞的深處還有洞窟相連。和尚不愧據說是闇人的孩子，對地下瞭若指掌。伊昂鼓起勇氣問：

「中尉，錫為什麼住在別的地方？為什麼他不住在夜光部隊裡？」

「因為錫成了闇人。」

伊昂吃了一驚：

「闇人是什麼樣的人？」

和尚回頭，用手電筒照亮伊昂的臉。好刺眼。伊昂用手遮住光線。

「你覺得光怎麼樣？伊昂。」

「我害怕地下的黑暗，所以覺得光是救贖。」

「可是你現在遮住了光。」

「我不喜歡那麼亮，很可怕。」

聽到伊昂的回答，和尚滿意地點點頭：

「沒錯。闇人是追尋人類究極平等的人。能夠得到好的光線、享受自然變遷的人只有少數。對吧？不是每個人都能生活在舒適的環境裡。闇人就是對這個連環境都不平等的社會提出抗議，是真正正確的人。所以闇人希望每個人的條件都能夠平等。而說到哪裡最平等，漆黑的地下最平等。所以闇人的信條是居住在地下。這是最基本的平等思想。我的母親是很一般的俄國人，但聽說她也同意日本父親的意見，一起進入地下。」

「你的爸爸媽媽呢？」

「老早都死了。生活在地下，不知為何壽命會變短。即使如此還是要住在地下，是為了鞏固思想。只要能堅持理想，就能輕蔑生活在地上的人。我也是，我偶爾會去地上訓練，但只能生活在地下。地上那些認為只有自己受到凌虐的人，想法都太天真了。是人渣。」

被丟在地下鐵廁所的薩布、還是嬰兒就被扔進污水漂流的鼠弟、不想作夢的打雜少年榮太……這些生活在地下的少年遠比自己悲慘的境遇更讓伊昂同情，但聽到和尚的話，知道也有人主動選擇住在地下，他大吃一驚。

「錫一個人住在那道門後的通道盡頭。」

和尚用手電筒照亮一道鋼鐵門扉，上面用黃色的字寫著「高壓電危險」。

「聽說這道門一開，地下鐵公司的電腦警示燈就會亮。但我們動了手腳讓系統失靈，不必擔心。」

和尚用手工打造的備份鑰匙輕鬆打開了門。亮著紅色緊急燈的水泥通道長長地延伸出去。旁邊有粗大的電纜。

「小心電線。上面有六千六百伏特的電，一碰當場就會被電死。」

聽到這話的瞬間，伊昂緊張起來，手腳發僵，但和尚似乎習慣了，快步往前走去。一百公尺前方又有另一道門。和尚打開門打開，令人驚訝的是，裡面是個寬闊的空間。從空氣的感覺來看，似乎有座小型體育館那麼大。然而房間處在黑暗中，看不見全貌。

「聽說這裡要蓋地下發電廠。很適合拿來當總部，但得經過高壓電流才行，所以不能用。錫就在這裡。」

終於可以知道銅鐵兄弟的祕密了。伊昂的胸口因為悸動和高漲的亢奮猛烈跳動個不停。和尚大聲呼喚錫的名字。

「我是和尚。錫，你在嗎？」

「我在。」

身邊的暗處傳來應答聲，把伊昂嚇了一跳。聲音又高又柔，聽起來就像還沒有變聲的少年。可是錫在這麼黑的房間裡面做什麼？

彷彿聽見了伊昂的疑問，錫弄出一道按吉他弦般的聲音後，又撥了一下弦。是悲傷的和弦音。

「和尚，這是代表你的音。」

和尚用手電筒照亮錫的腳下。渾圓的光圈中，出現骯髒的牛仔褲和沾滿了灰塵而變白的兩隻運動鞋。那是個比伊昂還要細瘦、感覺也很矮的少年。伊昂很想看錫的臉，但和尚只照著錫的腳說話。是因為闇人討厭光吧。

「錫，你看起來不錯。」

「嗯，和尚，你也是。」

錫的聲音雀躍，顯得很高興。

「新曲寫好了嗎？」

「嗯，寫了幾首。晚點唱給你聽。」

「真期待。食物沒問題吧？」

「榮太會送來，沒問題。謝謝你費心，和尚。倒是跟你一塊兒來的是誰？」

伊昂在黑暗中感覺到和尚瞥了他一眼。

「是新人伊昂。」

「伊昂啊，請多指教。」

伊昂也想回禮，但緊張得一時說不出話來。

「你找我有什麼事嗎？」錫問道。

「我在找銅鐵兄弟。我們小時候一起長大的。他們是長得一模一樣的雙胞胎，非常厲害。我聽說那張兄弟的壁畫圖案是你想的，可以請你告訴我他們在哪裡嗎？不，只要是有關他們的事，什麼都可以。我不管怎麼樣都想見他們。我要見他們，問他們以前我還小而不知道的事，還有其他兄弟姊妹的事。還有我以前待的地方出了什麼事。」

一陣沉默。不久後，錫有些猶豫地回答了：

「伊昂，沒有雙胞胎兄弟。我見到的只有鐵。」

「只有鐵？鐵在哪裡？」

「鐵死了。」

死了？胡說八道！伊昂震驚得都快昏倒了。真的嗎？他只要詢問地下居民的消息，得到的答案都是死了。最先是養大薩布的母親，地下鐵的清潔歐巴桑，然後是和尚的爸媽，這下連鐵都死了。

「那銅呢？」

「一開始就沒有銅。鐵只有一個人。」

「騙人，他們是雙胞胎，應該在一起的。他們一直是一心同體，不可能分開。」

「不，鐵是一個人到地下來的，真的。」

伊昂拚命解釋：

「可是真的有銅。他們是長得一模一樣的雙胞胎兄弟，連臉頰上的痣位置都一樣，兩顆大大的門牙也一樣。銅和鐵不管做什麼動作都一樣，同時說出同樣的話，就像機器一樣，我們好喜歡看他們兩個人。他們人非常好，很疼小孩子。他們會把食物分給我們，教我們許多遊戲。他們也教我們怎麼分辨大人，說大人只有三種：好心的大人、壞心的大人、不好不壞的大人。我能活到現在，都是因為有他們。什麼沒有銅和鐵，這不可能。」

「伊昂，別激動。」錫靜靜地制止說。「可是沒有銅。鐵從一開始就是一個人。」

「那張圖為什麼兩隻手上寫著銅與鐵？那怎麼解釋？」

「因為鐵告訴我，他在嬰兒的時候還有一個雙胞胎兄弟。可是那個叫銅的弟弟一下子就死了。所以他說他要連銅的份一起活下去。我很喜歡這個故事。因為我很喜歡鐵，我想要把這個故事當成夜光部隊的傳說，叫和尚在戰區都先畫下那幅畫。」

「沒錯。我不認識鐵，圖案是錫指定的。」

「你一定是在騙我，我不相信！」

伊昂雙手掩住了臉。這事實過度震撼，讓他連眼淚都流不出來了。

「我沒有騙你。」錫說。

「不，你在撒謊。我跟一模一樣的雙胞胎一起住過。」

伊昂一口咬定說，聽見錫深深地嘆息。

「真傷腦筋吶，伊昂。我真的沒有騙你，鐵只有一個人。鐵不是夜光部隊的一員，他跟闇人生活在一起。我是夜光部隊的成員，但跟他很要好。鐵死掉的時候我深受打擊，所以才決心要變成跟鐵一樣的闇人。」

「刻意把眼睛弄瞎。」

和尚插口說，伊昂驚愕地朝錫的臉的方向看。

「沒關係，讓他看吧，和尚。伊昂，你看吧。我為了成為真正的闇人，自己弄瞎了眼睛。」

和尚這才把手電筒光挪到錫的臉上。那裡站著一個頭髮及肩，年紀跟伊昂差不多的少年。少年膚色白皙，臉蛋細長，宛如松鼠般嬌小可愛。錫緊閉著眼睛，他的眼皮是凹陷的。

「你真的看不見？」

「嗯，我用藥把眼睛弄瞎了。鐵死了以後，我覺得我也跟著死了，再也沒有值得看的東西，為了適合活在黑暗中，我決定成為闇人。我一個人在這裡生活，創作歌曲而活。我想我應該不久後就會死去，只要我的歌留著，那就夠了。」

「錫，讓我聽你的新歌。」和尚插口說。

「好啊。我才剛完成一首鐵的歌。伊昂，我要唱鐵的歌，你也一起聽吧。」

錫高興地答應。和尚在水泥地盤腿而坐，伊昂也跟著在旁邊坐下。不知不覺間，他緊緊地咬住牙關。

錫開始彈起吉他前奏。旋律非常不可思議，悲痛卻又美麗。和尚拿出鼓棒，配合演奏，低調地敲打著地面。

你看過大海嗎？
為了追尋答案，鐵用廢料做了一艘小舟。
順著水道而下，越過數個水壩，前往大海。

海是灰的，波濤洶湧。
臉頰感覺到水花，
鐵卻被關在柵欄裡，無法脫身。

鐵從小舟看著大海，日復一日。
終至有一天，在小舟上死去。
幸福的人生，短暫的人生。
鐵看過大海。
如此，罷了。

你愛過人嗎？
為了讓人聆聽他的歌，鐵總是在尋覓聽眾。

穿過漆黑的隧道，聽著地下鐵的轟隆聲，前往大海。

天空晴朗，人們在海邊遊玩。

笑聲就在近旁，

海浪聲卻遮掩一切，讓鐵的聲音無法傳達。

鐵在小舟唱著歌，日復一日。

終至有一天，在小舟上死去。

幸福的人生，虛渺的人生。

鐵愛過人。

如此，罷了。

多麼悲傷的歌啊。伊昂的淚水止不住地流。

「鐵是這樣死去的。不覺得很可憐嗎？」

演奏完後，錫呢喃道。伊昂擦掉眼淚。

「鐵曾提過我嗎？說他有個叫伊昂的弟弟。」

沒有，錫搖搖頭。看起來也像是對伊昂只顧著自己感到失望。

「鐵說過他曾有一個叫銅的雙胞胎兄弟，但從來沒提過其他的兄弟。」

「鐵是什麼時候死的？」和尚站起來問。

「一年前吧。是闇人告訴我的。說鐵大概是連同小舟一起被堵在通往大海的排水口，就這樣死掉了。就算想回頭，濁流也太猛烈了，沒辦法操縱小舟回頭。我好傷心。」

「伊昂，聽到了嗎？你滿意了吧？」

和尚看伊昂說，但伊昂無法立刻回答。難道說他小時候看到的雙胞胎兄弟是幻覺嗎？

「我對自己失去信心了。我看到的究竟是什麼？」

伊昂呢喃，錫拍拍他的肩膀安慰：

「最好不要太相信自己的眼睛，伊昂。有時候人只看得到自己想看的。」

銅鐵兄弟，是年幼的自己希望看到的幻影嗎？

「人為什麼只看得到想看的東西？」

聽到伊昂的問題，錫以老成的語調答道：

「因為正視現實讓人難受啊。伊昂，你也弄瞎眼睛，成為闇人如何？這樣一來就什麼都不必看了，而且待在地下，空氣和溫度總是一定，讓人心境平和。只要有歌，也可以感受到歡愉。要不要跟我在一起？」

伊昂心灰意冷。他沒有工夫思考，只是一心一意跟在和尚身後走過黑暗的洞窟。還能夠呼喊最上的自己太天真了。真正的失望，讓人甚至無法期盼他人。

銅鐵兄弟不存在世界上。如果錫說的是真的，那麼就是小時候的自己把只有一個的鐵看成了兩個人。想到這裡，伊昂突然忍不住發抖。他對自己的記憶失去信心了。

人活在記憶裡。過去的記憶、稍早的記憶、昨天的記憶，這些記憶形塑了自我。

伊昂小時候的記憶全部遭到否定，他的過去煙消霧散了。不僅如此，還加上了自己的眼珠子看到的事物或許跟別人不一樣的恐懼。伊昂再也無法相信自己了。

「小心點，不要失魂落魄的。」

穿過高壓送電纜旁邊時，和尚一再叮嚀他。可是伊昂混亂到甚至想要就這樣一頭撞向送電纜。

「或許我腦袋不正常。」

伊昂忍不住自言自語，和尚聳了聳肩。

「你是說銅跟鐵的事嗎？我也不懂那是怎麼回事。可是過去無關緊要。重要的是現在。」

是這樣的嗎？伊昂想起和尚畫在牆上的圖。和尚不也是想起了過去才畫的嗎？

「那麼那張圖是什麼？你畫在牆上的圖。女人抱著嬰兒的圖。」

「只是突然想畫罷了。」

「是嗎？既然會想畫，就表示是想起了過去吧？因為那張圖長得好像我認識的人。」

走在前面的和尚回頭，用手電筒照伊昂。

「不要照！」

伊昂拿手遮光。他現在脆弱無比，覺得被強光一照，就會像蛞蝓一樣開始融化。

「不許再提這件事。」

和尚的口氣很尖銳。由於逆光而看不真切，但那雙綠色的眼睛一定也被憎恨染成了一片漆黑混濁吧。

伊昂不禁落下淚來。他想從殘酷的地下世界回到澀谷街頭。道玄坂、百軒店的國際市場、澀谷宮殿、公園村。

那些是自己的過去。進入兒保中心之前出過什麼事，或許根本無關緊要。可是保護小時候的伊昂的鐵死了，而銅根本不存在。想到這些，淚水便止不住地流。

和尚默默無語地走在前面。他的背散發出冰冷的拒絕。光不斷遠去。就在伊昂心想乾脆就這樣分道揚鑣的時候，和尚的聲音響起：

「伊昂，快點過來。」

伊昂朝光走去。心裡一邊想著：明明都絕望成這樣了，為什麼還會渴求光明呢？

回到總部，榮太一臉疲倦地迎接兩人。灰色的連帽外套衣角沾著疑似大佐的血。

「辛苦了。」

和尚慰勞榮太，掃視總部裡面。沒有人醒來，似乎無人察覺異變。

「我掃過了，可是地墊只有翻過來而已。」

「沒關係。」和尚看伊昂說：「反正是伊昂要用的房間。伊昂，從今天開始，你住大佐的房間。」

伊昂嘆息，仰望被光線照亮、滿是黑色污漬的天花板，然後看和尚。

「我不要，你自己住吧。你不是要取代大佐率領部隊嗎？」

「我有自己熟悉的窩。你住這裡。這是命令。」

伊昂不甘願地前往大佐的房間。和尚的聲音從背後傳來：

「伊昂，今天的事不許告訴任何人。」

「你是指哪件事？」

「大佐用你給他的槍自殺，還有你見到變成闇人的錫。」

「用我給他的槍自殺？」伊昂回頭向和尚抗議。「不對，是大佐搶走我的槍的。」

「但你去拿回你的槍，所以大佐才會認為時機已到，自殺了。不對嗎？」

伊昂覺得遭到背叛，瞪住和尚綠色的眼睛。和尚老早就看穿大佐尋死的念頭，才會要伊昂去把槍拿回來。伊昂被和尚狠狠地擺了一道。所有的責任都落到了伊昂頭上。

大佐的房間又黑又陰森，裡面還充滿了大佐的氣味。短短三、四個小時以前，大佐還活著睡在這裡。發黴的牆上噴濺著大佐鮮紅色的血。

伊昂坐在床上抱住了頭。他想起榮太說地塾只是翻過來而已，感到一陣噁心。血跡會不會一點一點地侵蝕污染他？

但伊昂禁不住也疲倦了，在床上躺了下來。可是腦袋一片清醒，怎麼樣都睡不著。

伊昂走出大佐的房間尋找榮太。榮太正在調理台前把甜麵包切成細絲，好像是早飯的料。

「榮太，我有事拜託你。」

「准尉，請問有什麼事？」

「可以給我安眠藥嗎？」

榮太默默地從口袋裡掏出一片錫箔包裝的黑色藥錠遞給他。伊昂當場嚼碎藥錠。好苦。苦味沒有消散，殘留在伊昂的嘴裡。

躺上床的瞬間，不知幸或不幸，伊昂立刻失去意識。可是這次他看到許多分不清是夢境還是現實的恐怖幻象，把他累壞了。

渾身是血的大佐蹲在枕邊，開口就要說話的瞬間，猛地噴發出鮮血。然後伊昂在大佐前面不停地反覆說著：

「報告大佐，是『是』的練習。」

接著是還是少年的銅與鐵手牽著手，前來邀請躺在床上的伊昂。伊昂注視著銅，想要識破謊言，於是兩人同聲說了：

「我們兩人是一人，是銅鐵兄弟。伊昂只有一個人，真可憐。如果伊昂有兩個，就會變厲害囉。」

伊昂滿身大汗，汗水轉涼的感覺讓他冷得發抖，驚醒過來，接著又是劇烈的頭痛。外頭一片鬧哄哄，於是他開門出去，看見和尚正站在之前樂隊演奏的舞台上演講。

「昨晚發生了悲劇。大佐用伊昂准尉帶來的手槍自殺了。大佐當場死亡。我和准尉還有榮太一起埋葬了大佐的屍體。之所以沒有舉行部隊葬，是為了避免對各位造成太大的衝擊。大佐撫養過許多人，不少隊員會為此悲傷吧。可是大佐年事已高，離別原本就不遠了，請各位積極面對吧。此外，全部隊將由我繼續指揮。以上，解散。」

伊昂站在眾少年後方，薩布走了過來，哭著問：

「大佐死掉了，這是真的嗎？」

「真的，就跟和尚說的一樣。」

一開口就頭痛。伊昂抱住了頭。薩布瞇起眼睛，刺探似地看伊昂：

「出了什麼事?大佐用你的槍自殺，這是真的嗎？」

伊昂從薩布的眼神中看出猜疑，困惑起來。薩布一臉不爽地走掉了。

後來伊昂才知道是丸山到處散播不好的謠言。也就是伊昂殺了大佐。

伊昂無法承受責難的眼神，除了訓練和外出幹活的時候，都關在大佐的房間裡，像大佐那樣看大量的錄影帶度日。

他害怕作噩夢，拜託榮太不要給他摻藥的晚餐。拒絕服藥的伊昂由於早晚都待在照明相同的房間裡，生理時鐘很快地失調，無法在一定的時間入睡了。但也因為如此，不斷觀看的影帶讓伊昂忘了過去，讓他輕易地活過「現在」。

第五章　世界滿是苦難

1

「偷那個吧。」

走過澀谷地下街的時候，薩布用手肘撞了撞伊昂的肚子旁邊。伊昂視線游移尋找，薩布裝做若無其事的樣子指著地下街盡頭處的雜貨店。

那家店不止販賣旅行袋、摺疊傘等日常用品，也賣些布偶、鑰匙圈、T恤，什麼樣的雜貨都有。店裡放不下的商品，都擺到地下街通道外來了。

伊昂不懂薩布說要偷什麼，以混濁的眼神轉向他。他好久沒有來到人群之中，從剛才就一直撞到路人。每次撞到人就被猛力推開，用一種懷疑他嗑藥的眼神看待，或露骨地露出聞到臭味的樣子。

長久住在地下，就會失去地上的平衡感，腿力變得衰弱，而地下獨特的臭味似乎也會滲透到整個身體。灰塵、污水，還有發黴的臭味。伊昂也不例外。

「要偷什麼？」

「太陽眼鏡。」

薩布不耐煩地說。薩布每三天會循著第一次帶伊昂的相反路線出到地上，負責幫人跑腿當差，或是扒竊。所以他和平常沒什麼兩樣。可是穿著迷彩背心的薩布白皙的膚色很醒目，看起來比任何人都要孱弱。

自己也像他那樣嗎？伊昂心想。可是別人怎麼看自己，他完全無所謂。

伊昂這半年一下子長高了。衣服已經穿不下，他擅自拿了大佐留下來的衣服穿，頭髮也任意生長，束在後頭。今天他穿著大佐的白T恤和口袋褲。

「薩布，你要太陽眼鏡幹嘛？」

「笨耶，對住在地下的人來說，盛夏的太陽很刺眼的。」

薩布精明地觀察著周圍低聲說。伊昂嘆了一口氣。

「這樣啊，也對。」

伊昂已經漸漸忘了地上是什麼樣的世界了。在伊昂內心，世界只存在於數百卷的影帶之中。

有時候是蔚藍的晴空中沙塵漫舞的沙漠，有時候是雨點紛飛的霓虹燈暈滲的黑暗街道，有時候是蒼郁的植物遮蔽眼前的叢林。

伊昂被影帶的世界吸引，只想待在那個世界。影帶的映像魅力十足，甚至忘了原本讓他沉迷的漫畫。

可是影帶裡的世界充滿了苦難，總是會發生問題。有時候是高性能直升機墜落到敵陣、有時候是冤枉被捕的男子必須在監獄裡度過幾十年、有時候是被迫送上戰場的男人無奈地彼此廝殺、有時候是再也沒有嬰兒出世的絕望世界。然後心愛的對象從人們的手中滑落，輕易地殞命。

對伊昂來說，那毫無道理的世界才是他的世界，即使偶爾為了幹活或訓練出去地上，他也宛如置身夢境，飄飄然地沒有現實感。

「我來示範。」

薩布若無其事地走近呈白塔狀的貨架。上面插了許多太陽眼鏡。

薩布假裝在挑選旁邊的打火機，接著以迅雷不及掩耳的速度抽出綠色鏡片的太陽眼鏡，塞進口袋裡。

薩布順利成功，催促伊昂也如法炮製。伊昂無可奈何，也走到店門口。結果女店員從裡面匆匆忙忙來到門口。是從伊昂的表情察覺有什麼不對勁嗎？伊昂立刻罷手，聳了聳肩。

「搞什麼，你不幹嗎？你這傢伙真的就只有一張嘴皮。」

薩布鄙夷地說。伊昂也知道大佐死去以後，薩布一直不原諒他。

「無所謂。」

這話已經成了伊昂的口頭禪了。他真的覺得一切都無所謂了。他也注意到每次他說這句話，周圍的人就露出厭惡的表情，但這是他的肺腑之言，他自己也無法克制。也就是所有的一切，真的都無所謂了。

伊昂跟著薩布慢慢地走上通往地上的階梯。熟悉人工照明的眼睛被盛夏的太陽一照，淚水一下子湧出，什麼都看不見了。而且那異樣的暑熱與濕氣教人消受不了。身體已經熟悉了地下乾冷的空氣，盛夏的酷熱讓他幾乎暈眩。伊昂掩住雙眼，為東京盛夏的殘酷而嘆息。

「伊昂，所以才叫你偷太陽眼鏡啊。」

伊昂點點頭。就算是便宜貨的太陽眼鏡，總是聊勝於無。

「借你。」

薩布把剛偷到手的太陽眼鏡遞出去。伊昂也沒道謝，戴上太陽眼鏡。

「綠色世界。」

看起來一片綠的世界讓伊昂興奮不已，他甚至沒發現薩布正不滿地看著他。

伊昂加入夜光部隊後，已經過了半年以上。大佐一下子喪命，再加上得知根本沒有銅鐵兄弟，伊昂意志消沉，鎮日哭泣。可是隨著時間過去，伊昂的眼睛再也不曾濕潤了。知道過去形同無物以後，他就像忘了淚水是何物，整個人變得又乾又冷。所以對於因為刺眼而流出液體的眼睛，他自己都感到驚奇。

伊昂懷著新鮮的心情站在道玄坂的十字路口眺望周圍。紅綠燈變換，眾多行人開始走過複雜的大型路口。看著這個光景，伊昂試圖想起自己露宿街頭時是怎麼克服盛夏時日的。

公園村的噴水池變成淋浴處，深夜的泳池成了對管理處絕對保密的澡堂。男人每到涼爽的夜晚就四處尋找過期的便當；酷熱的白天則為了保存體力，躲在樹蔭下睡覺。可是夏季時，整個公園村總是鬧哄哄的，怎麼樣都靜不下來。

伊昂聽到吉他聲，回過頭來。炎炎日頭下，人行道一隅有對年輕人搭檔正在彈唱吉他。歌唱得很爛，但吉他彈得很棒。

自從見到錫以後，伊昂就喜歡上吉他，所以他停下腳步聆聽。喜歡音樂的薩布也一起聽。

伊昂和薩布聽得很專注，也有愈來愈多路人停下腳步。演奏結束，錢幣被投進倒放的帽子裡。

「謝謝你聽我們演奏。」彈得一手好吉他的男子向伊昂道謝。

「吉他彈得很棒。」

伊昂坦率地說。要是唱歌的話，錫唱得好太多了。伊昂好幾次跟著送食物的榮太去找錫。和錫說話，聽他唱歌，是地下防空洞生活中的樂趣。

「因為你們停下來聽，聽眾才會增加。」

男子把吉他收進盒子裡，將一個三角形的薄塑膠片遞給伊昂。

「這是什麼？」

「彈片。給你的謝禮。」

伊昂盯著掌中的彈片。把它送給錫吧。錫一定會很高興。想到這裡，伊昂喜不自禁。這絕對不是「無所謂」的事。

「咦，這不是伊昂嗎？」

突然有人拍伊昂的背，他回過頭去。那裡站著一個束起黃頭髮的高個子女人。很熟悉，一時卻想不起名字。

「是我啊，凱米可。」

凱米可穿著白色背心和牛仔熱褲，站在伊昂面前。

和凱米可變得親近，是去年十二月的事。天氣突然變冷，所以凱米可穿著黑色外套到置物櫃店來拿羽絨外套。穿著夏季服裝的凱米可因而看起來像個陌生女人，可是伊昂的困惑還不止如此。彷彿好不容易就快遺忘的過去突然出現在眼前似的，那種不安讓伊昂茫然佇立。

「怎麼了？你忘記我了嗎？」

凱米可不耐煩地緊盯著伊昂太陽眼鏡底下的眼睛。伊昂慌了手腳，回望薩布，但薩布好像迅速藏身到暗處去了，不見人影。

凱米可帶著兩名年輕女保鑣。兩人體格都壯得像男人，短短的頭髮染成金色。其中一人牽著不到兩歲的小男孩。是凱米可的孩子吧。

「你是伊昂吧？幹嘛不回話？」

凱米可逼問。伊昂支吾起來。

「我才不認識妳。」

「什麼？口氣放尊重點，她可是咱們媽咪們的頭兒凱米可大人呢。」

女保鑣凶道。凱米可伸手制止，繼續說了：

「伊昂，你之前都跑哪去了？聽說你加入了地下幫？最上沮喪得要命了呢，他說你跑到地下去的話，就掌握不到你的消息了。」

在伊昂虛渺的記憶中，最上這個名字總是伴隨著懷念與痛楚。伊昂有股想要詢問最上近況的衝動，但他按捺下來，仍舊搖頭：

「我不懂妳在說什麼。」

「你那是什麼態度？我可是在擔心你耶，有夠火大的，眼鏡拿下來！」

凱米可生氣起來，伸手一把打掉伊昂的太陽眼鏡。伊昂閃避不及，太陽眼鏡掉到人行道上。

伊昂的眼睛突然暴露出來，盛夏的白光刺了進去。淚水泉湧而出。伊昂用雙手掩住眼睛。

「你怎麼了？出了什麼事？」

凱米可飛快地瞥到伊昂的臉，一臉吃驚地後退。地下防空洞沒有鏡子，所以反倒是伊昂被凱米可的反應嚇到了。自己有了什麼驚人的變化嗎？

「伊昂，你簡直變了個人。你的眼睛顏色變得好淡。原來你真的住在地下。」

凱米可的聲音變得溫柔了些。伊昂雙手覆著眼睛，慌忙拾起太陽眼鏡戴上。可是掉落的衝擊把左邊的鏡片震出了許多裂痕。左眼的世界變成了皸裂的綠色。

「你不見以後，出了許多事。你知道手槍婆病倒了嗎？」

伊昂嚇了一跳，忍不住反問：

「她怎麼了？」

「腦血管破了。人還活著，但意識沒有恢復。」

「什麼時候？」

「差不多三個月之前吧。」

是他害的。手槍婆的前夫大佐會死，也都是他害的。伊昂心跳加速。就像手槍婆說的，他把周圍的人全拖下了水，一路往地獄前進。

伊昂閉起右眼，凝視凱米可。凱米可的臉是綠色的，布滿了細碎的裂痕，令人不忍卒睹。伊昂急忙閉起左眼。

「置物櫃店怎麼了？」

「關了。大家都很困擾。」

最上的信也不見了嗎？他本來還抱著希望，心想或許有一天可以去取回放在三十八號置物櫃裡最上的信。

「最上呢？」

伊昂終於提起最上的名字了。凱米可一臉嚴肅，瞪著道玄坂彼方的天空。

「最上從澀谷消失了，大概回大學了吧。」

永遠失去了最上的信，還有最上的「依戀」。伊昂懷著空虛的心情點點頭。地上果然也充滿苦難。伊昂頭一次感覺影帶的世界與地上的世界毫無二致，偷偷地嘆息。瞬間，他感覺影帶世界頓時魅力全失。

隱約有股地下的臭味。灰塵、污水與黴菌的氣味。伊昂回頭，薩布不知道從哪裡冒出來，在他耳邊呢喃：

「集合時間到了。」

「我得走了。」

伊昂低喃，結果凱米可以強硬的語氣打斷他：

「伊昂，回公園村來，離開夜光部隊那種不正經的地方。那幫人沒一個好貨。」

伊昂沒有回話，跑了出去。行人害怕戴著一邊龜裂的太陽眼鏡的伊昂，紛紛走避。夜光部隊正要前往國道二四六號線沿線的一棟老大樓塗鴉。那裡的住戶不肯遷移，屋主為了騷擾而委託了夜光部隊。負責畫圖的和尚應該已經到了。

伊昂拚命跟上走在前面的薩布，但一下子就被人行道的高低差絆到，撞到路人的肩膀，差點跌倒。

伊昂停下腳步。他閉起右眼，用左眼看街道。一切都龜裂破損的綠色世界。可是用右眼看，就是人們在耀眼的盛夏陽光下悠閒漫步的澀谷街頭。兩隻肉眼一起看，就是現實。而這個現實是多麼地魅力無窮啊。

「薩布，我要回去！」

伊昂把太陽眼鏡扔到地上，朝前面的薩布怒吼。

「等一下，伊昂！你要抗命嗎！」

伊昂聽見薩布的叫喊，但他依然回過身去。他跑下通往附近地下街的階梯。

然後他從員工廁所的門開始走下通往地下深邃的階梯。腳底差點打滑，嚇得他心裡一涼。照這個樣子，他總有一天會摔下深不見底的洞穴裡面死掉。

「你會掉進深淵死掉」。

回過神的時候，伊昂正不停地反覆唱著夜光部隊的主題曲。他突然想見錫了。得把彈片拿給他才行。

伊昂沒有回總部，直接往錫的住處走去。他記得路。

「錫，你在嗎？我是伊昂。」

伊昂來到錫居住的房間，出聲喚道。黑暗中很快地響起和弦的聲音。兩人熟識之後，錫為伊昂編了代表他的和弦。伊昂的和弦既悲傷又複雜，是很美的音色。

「嗨，伊昂。難得你一個人來呢。已經記得怎麼走了？」

「嗯，勉強。我想要把這個給你，幫你帶來了。」

伊昂把彈片塞到錫的手中。錫吃驚地用一手握住，發出歡呼：

「是彈片！」

「是啊。今天在澀谷唱歌的人給我的。」

「我好高興。」

錫開始用彈片彈奏起吉他。音色變得清晰，強而有力且美麗。錫說了：

「我做了你的主題曲。我唱給你聽。」

前奏開始了。可能是前奏還沒定調，重彈了好幾次，持續很久。伊昂在水泥地坐下，閉上眼睛。或許是累了，有點睏。半夢半醒間，錫的歌聲響起。

Ion，好心的大人叫我的名字。
Ion，Ion，Ion。
是爸爸，是媽媽，
在叫我的名字。
好想見上一回，
我好心的大人。
終有一日我一定會去見你們，等我。
Ion，好心的大人抱緊我。
Ion，Ion，Ion。
是爸爸，是媽媽，
抱起小小的我。
好想見上一回，
我好心的大人。
終有一日我一定會去見你們，等我。

在恍惚中聆聽著，伊昂恍然大悟。原來如此，「好心的大人」指的原來是父母。自己怎麼連這麼簡單的事都不明白呢？

「你的父母呢？你有父母吧？」

最上的問題再次浮現。伊昂這麼回答他：

「不知道。我一開始就沒有父母。」

最上很吃驚，但伊昂真的不曉得自己的父母。房子裡有許多大人，卻沒有人告訴他他是什麼樣的女人生的、什麼樣的男人是他的父親。他把其他孩子視為「兄弟姊妹」，而大人全都是「大人」，像這樣生活。

好心的大人有兩個，爸爸和媽媽。所以代替他的父母的，是銅與鐵，他才會把鐵看成兩個人嗎？或許他在內心被灌輸了這樣的觀念也說不定。是那本繪本嗎？有一本孩子競相搶著讀，被搶得破破爛爛的繪本。那本書上畫著孩子與爸爸媽媽一起生活的幸福家庭。但有一天那本書不見了。

伊昂被自己的發想嚇到，他赫然跳了起來。錫似乎察覺了動靜，擔心地問：

「伊昂，怎麼了嗎？」

歌早已唱完，錫正在反覆彈奏各種旋律，或變換調子練習。

「沒事。聽著你的歌，我想到了一些事。」

「你想到什麼？」

錫抱著吉他，在伊昂旁邊坐下。

「鐵只有一個人，我卻看到銅這個兄弟的理由。」

「為什麼？」錫柔聲問。

「可能是因為小時候的我想要『好心的大人』。可能是一種補償吧。」

伊昂的話尾因為害羞而變得模糊。他害臊地笑，錫摸索著觸摸他的肩膀。錫的手很小。錫應該比伊昂還要年長，看起來卻很年幼。

「你覺得害羞嗎？」

「什麼事都瞞不過你呢。嗯，總覺得很丟臉，簡直像小孩子一樣。」

「你還是小孩子啊，伊昂。你大概十五歲吧？的確是個孩子啊。」錫笑道。

「那錫幾歲了？」

「大概已經十八或十九歲了。我是被抱來的，所以不知道。」

「被誰從哪裡抱來的？」

「不知道，沒問過。」錫聳聳纖細的肩膀。「聽說是從地上被綁架，關在地下的。是住在地下的人把我養大的。」

「好可憐。」伊昂呢喃。

「以前的事已經不重要了。我只要有吉他就好了。可是你比剛來的時候長高了很多呢。嗓子也粗了，身體變壯了。」

「感覺得出來？」

「嗯，聲音變成從上面傳來。」

伊昂聽著錫的回答，把鼻尖埋進T恤袖口。大佐的T恤傳來些許成年男性的味道。伊昂喜歡和錫像這樣談話。接觸到錫的溫柔，他感到平靜，也可以察覺自己無意識中在追求的是什麼。

「今天我上去幹活，去了好久沒去的澀谷街頭。我有幾個月沒上去了呢！」

「哦，澀谷。我沒有去過，聽說就在附近。」

伊昂忍不住仰望。雖然身處地底宛如體育館般巨大的水泥空間，但照明只有伊昂手裡的手電筒，光照不到的天花板只是一片無盡的深濃黑暗。

「真不可思議。在這遙遠的上方，有馬路、有大樓、有車子在跑、有人在走。」

雖然沒有說出來，但伊昂在心裡接著說：有百軒店的國際市場，裡面有手槍婆的置物櫃店，有天空。因為睽違許久見到了凱米可，他的心完全被澀谷的街道給迷住了。

「然後呢？說給我聽。」

錫以開朗的聲音問，伊昂猶豫起是不是該說出置物櫃店手槍婆的事，還有最上和凱米可的事。

錫擁有宛如吸收聲音與光的黑暗般深沉的心，所以伊昂總是忍不住想說出一切。當伊昂說出形形色色的事，錫就會在某一天把它變換為美麗的旋律與歌詞，唱給他聽。伊昂才總算認清自己內心的煩惱與疑問究竟是什麼。

伊昂下定決心說出來。

「你知道我以前是住在澀谷公園村的遊民吧？」

「嗯，之前聽說過。」

「在那之前，我待在兒保中心。你知道兒童保護中心嗎？」

「嗯，我知道。把許多孩子聚集起來，讓他們住在一塊兒。很糟糕的一個地方，對吧？鐵也說他來到這裡之前，是待在那樣的機構。怎麼了嗎？」

錫慢慢地撥動吉他。伊昂像是被聲音吸引似地開口：

「我逃離兒保中心以後，一直是一個人生活。可是有人一直惦記著我，對我很好。我不曉得被那個人救過多少次。那個人叫最上，是『街童扶助會』的NGO。就像鐵教我的，我把最上當成唯一一個『好心的大人』，有些依賴他。後來中間出了很多事，我開始討厭最上。他很擔心我，拚命地找我，我卻甩開他，加入了夜光部隊。我今天聽說最上已經不在澀谷了。他擔心我，還寫信給我，我卻丟了信。」

「你在後悔。」

錫彈著吉他，一次又一次點頭說。自己現在說的事，錫遲早也會把它寫成歌曲吧。錫認真地聆聽，這讓伊昂安心，他下定決心說了：

「對。而且我為了加入夜光部隊，把從置物櫃店老太婆那裡搶來的手槍當成了獻禮。可是那把槍本來就是大佐的。」

伊昂語塞了，錫以沉穩的聲音說了：

「伊昂，我懂。你不必說了。」

「不，錫，不只是大佐而已。我今天聽說置物櫃店的老太婆也生病了。都是因為我搶了她的槍。」

「不是你害的。」錫溫柔地勸慰著。

「不，就是我害的。我打開了不好的門。」

「這都是沒辦法的事。你或許也是從什麼人打開的門裡生出來的，你沒有責任。可是你怎麼會知道這些事？」

「哦，有個叫凱米可的女人，我碰巧遇到她。」

「凱米可？」錫呢喃。

「你認識她？」

錫沒有回話，開始撥吉他。是一首曲調激昂的歌。

為什麼你要逃離我？
被扯裂的心好痛，
求求你，留在我身邊。
求求你，不要丟下我。
你是在叫我回去黑暗嗎？
孤單一人，
為什麼你要逃離我？

錫唱到一半就停了。伊昂懷著感動聽著。

「好棒的歌。這是誰的歌？」

「和尚。」錫有些顧忌地說。「是在唱他跟凱米可的事。他們兩個以前是一對。」

和尚畫的果然是凱米可和她的孩子。

「那麼那孩子是和尚的孩子嗎？」

錫點點頭說：

「可是凱米可不想讓孩子變成闇人，所以離開了。」

伊昂想起凱米可手指上的藍色刺青。

I LOVE CHEMI

「我生小孩的時候，決定從今以後只愛我自己。是那時候的紀念。」

那段話的意思是，凱米可在決心去愛自己之前，是更愛和尚的嗎？從深遠地下伸出的芽，宛如在地上綻放似地相繫在一起，這讓伊昂受到衝擊。他益發想念地上了。

「怎麼了？伊昂。怎麼不說話了？」

對他人動靜敏感的錫把看不見的眼睛轉過來。

「我嚇了一跳。沒想到凱米可跟和尚交往過。」

「凱米可還是一樣可愛嗎？」

「嗯。」回話之後，伊昂想起龜裂綠色鏡片中的凱米可。不只是可愛，看起來也像是可憐。

「我變成闇人以前，見過才十六歲左右的凱米可。是和尚把她帶來這裡的。她非常怕黑。」

伊昂覺得他可以理解凱米可的恐懼。對凱米可而言，充滿死亡氣息的地下世界一定是個痛苦的地方。

「鐵也見過凱米可嗎？」

「不，鐵沒見過她。鐵的行蹤飄忽不定。」

伊昂感到失望。他本來心想，如果鐵和凱米可在哪裡見過，他會很高興。可是想起錫為鐵做的歌，伊昂心情沉到了谷底。鐵移動的方法，是廢材做成的小舟嗎？

「我聽說凱米可成了母親集團的領袖？」錫撥弄著吉他問。

「嗯，她是媽咪們的領導。她們勢力非常龐大。今天她帶了兩個保鑣呢。」

「我想也是。」

錫停下彈吉他的手。

「為什麼？」

「我想凱米可害怕遭到和尚報復。」

伊昂介意起和尚總是插在皮帶上的手槍。自己帶到地下世界的巨大災厄。

「和尚恨她嗎？」

「不，和尚還喜歡著她。」

此時黑暗中響起巨大的聲響。

「不要談論我。」

是和尚的聲音。

「和尚，你在啊？」

錫一點都不慌張。他一個音一個音，仔細地用彈片彈著代表和尚的和弦。

「和尚，伊昂今天給了我彈片。」

和尚沒有回話。強光靠近過來。和尚持有的手電筒發射出來的光，比任何人的光都要亮白、強烈。伊昂覺得刺眼地用手遮眼。他想起在澀谷街頭被陽光照射的事。

「伊昂，你在這裡做什麼？你今天沒有出任務，臨陣脫逃。薩布向我報告了。」

「對不起。」

伊昂站了起來。他總算長高到和尚的下巴一帶了，可是怎麼樣都比不過和尚魁梧的上半身。

「你不許離開房間，關禁閉直到我准你出來為止。」

沒辦法的事。伊昂點點頭，被和尚瞪了。

「回話！」

「遵命。」

伊昂答著，看和尚的眼睛。他深綠色的美麗眼睛也被凱米可帶著的幼兒繼承了嗎？早知道就看仔細點了。

「好心的大人」是爸媽，從錫那裡得知這件事以後，伊昂突然無比介意起父母的存在來了。從父母繼承的事物。我從誰那裡繼承了什麼嗎？

「你在看什麼？」

和尚不愉快地問。

「看你的眼睛。」

伊昂不為所動地答道，和尚冷不妨雙手揪住伊昂的T恤衣領。

「綠色的眼睛很怪嗎？」

「不，我覺得很美。」

伊昂脖子被勒住，邊喘氣邊答。

「別這樣，和尚。」

小個子的錫插進來。

「你不要多話。這是夜光部隊的問題。」

「和尚，你太頑固了。如果你可以更柔軟一點思考，凱米可就不會離開了。」

「叫你別多嘴！」

和尚對錫吼道。錫輕巧地退開，唱起和尚的主題曲。

為什麼你要逃離我？
被扯裂的心好痛，
求求你，留在我身邊。
求求你，不要丟下我。
你是在叫我回去黑暗嗎？
孤單一人，
為什麼你要逃離我？

「閉嘴！」
和尚搶走錫的吉他，砸在水泥地上。琴頸折斷，琴身碎裂。然而錫卻不停地唱著副歌。

求求你，留在我身邊。
求求你，不要丟下我。

錫最珍愛的吉他被奪走了。伊昂愕然，注視著站在那裡不停歌唱的錫。
「過來，回總部了。」

和尚粗暴地抓起伊昂的手臂。伊昂被和尚拖也似地跨出腳步，但錫依然不停止歌唱。

「錫，你還好嗎？」

伊昂發問的瞬間，被和尚摑了一巴掌，差點摔倒。只剩下錫的歌聲在黑暗中迴響。

求求你，留在我身邊。

求求你，不要丟下我。

兩人走在高壓電纜旁的狹小通道上，伊昂責怪和尚。

「和尚，你太過分了。你毀了錫的吉他，錫就一無所有了。」

和尚不發一語地走著，但他的背明白地訴說著拒絕。

「我要被關進大佐的房間了，沒辦法幫錫弄到新的吉他。你幫他弄把新的吉他吧。拜託你。」

和尚回頭，揪住伊昂的T恤衣領。他勒住伊昂的脖子，把他的臉推到電纜旁。伊昂抵抗，但抗拒不了和尚的力量。

「不許再命令我。我在這裡把你一推，你就會變成一塊焦炭。」

伊昂的脖子被勒到即將昏厥的時候才被放開。他倒在通道上，望著和尚叉著兩腿站立的腳。然後他抬起頭來，望向和尚插在腰間的手槍。他頭一次想要把槍從和尚身上搶回來。

2

回到總部以後，伊昂被關進大佐的房間裡。食物由榮太送來，拘禁極為徹底，只有送食物的時候才能去上廁所。和尚好像交代過榮太了，即使伊昂詢問錫的情況，他也完全不回答。

伊昂再次看著大量的影帶度日，然而被睽違許久的澀谷街道及凱米可深深地吸引後，再看電影，也只是更徹底地凸顯出地上的美。

過不了多久，伊昂再也分不清日期與時間了。他害怕這樣下去自己可能會瘋掉，卻無計可施。

靜音的電視機畫面裡正在進行激戰。單人操縱的太空船從飄浮在空中的巨大太空站接連飛出。

伊昂躺在床上，沒有看畫面，而是眺望著點點反射電視機蒼白光線的天花板。他看過好幾次影帶了，接下來的發展他瞭若指掌。看著蒼白的光線照亮的、滿是黴菌的天花板，他想起了錫。

身在宛如巨大水泥棺材的空間裡，眼睛感受不到光芒的錫，是以什麼為樂呢？吉他被破壞，他要怎麼作曲？伊昂好想好想見錫。

可是和尚還不肯解除他的禁閉。比起違反規定，或許和尚更無法忍受他與凱米可的關係讓伊昂知道，同時和尚也痛恨伊昂認識凱米可的事實。伊昂觸碰到和尚激烈的獨占欲，內心也感到恐怖。他頭一次知道愛情與憤怒是如此相近。

肚子餓了，早餐已經過了很久。伊昂想著榮太什麼時候才會來，望向房門。

關在房間內，無從活動，伊昂卻日漸消瘦。榮太很擔心，有時候會送泡麵來給他。伊昂現在是勉強靠著榮太來維繫著生命。

自從被關進大佐的房間後，薩布一次也沒露臉。大佐死掉以後，薩布就對伊昂關起了心房。

現在是什麼季節？已經是秋天或冬天了嗎？伊昂懷念和薩布走在盛夏街頭的日子。

不知為何，日照一年比一年強烈，柏油路覆蓋的都市熱氣蒸騰。不應該有的南國蚊蟲和蛇類增加，猛烈的熱度融化了馬路。停在路上的汽車車頂熱到幾乎可以煎蛋，也沒有什麼人會在大白天出門了。有錢人都去涼爽的國度，或關在有空調的家裡。

不過百軒店的國際市場為了窮人和遊民，會有攤子販賣染成詭異的黃色或粉紅色的冰水，或遠從越南運來的西瓜。西瓜籽撒了滿地。多餘的冰扔到路上，形成黑色的水漬，如果有日蔭處，野狗和遊民便競相爭奪。小孩子會擅自打開人行道上的消火栓玩水。

伊昂嘆息。他聽和尚說，闇人是冀望絕對平等的人，因為就連環境都無法人人平等，所以他們選擇住在地下。完全沒錯。因為無法承受冬寒夏熱的遊民都會死去。伊昂也想問問錫這件事。

總部傳來平時的喧嚷聲。是夜光部隊的少年製造出來的生活噪音。

覺得無聊嗎？有人大聲吼叫著。足球在牆上一再反彈的聲音。如果拿到強力毒品，興頭上來，和尚就會率領樂隊開始演奏。如果更瘋起來，可能會開始玩起戰爭遊戲。可是ＢＢ彈很貴，所以禁止在總部裡玩生存遊戲——伊昂才剛從榮太那裡聽說這些。

突然「啪嚓」一道巨大的聲響，燈熄了。電視也頓時熄滅，大佐的房間落入一片漆黑。可是伊昂並不想去拿擱在床腳的手電筒。因為八成又是什麼人絆到爬滿地的電線，弄斷了電源。

在睽違許久變得一片漆黑的房間裡，伊昂閉上眼睛。他想著人在黑暗房間裡的錫，小聲地唱著自己的主題曲旋律。

忽然間，門外響起怒吼聲，伊昂嚇得跳起來。好像有許多人激烈地四處奔跑。砰砰砰地，是開槍的聲音。不過是生存遊戲使用的模型槍輕快的槍聲。怎麼，開始玩起遊戲啦？伊昂又躺回床上，突然「砰」的一道爆破聲。不是模型槍的聲音。伊昂聽出那跟大佐死掉時的槍聲一樣。

「混帳！」男人的吼聲。那無疑是成年男子的聲音。出了什麼事？伊昂就要爬起來。此時門外有人低喃：

「快逃。」

榮太嗎？伊昂摸到了手電筒。總部裡的騷亂還在持續著。伊昂爬過踩實的地面來到門口。平常門都從外面鎖上，但現在是開著的。

伊昂出去房間，但樓梯一片漆黑。總部燈火通明。好像不是平常的光源。伊昂就要去總部探情況的時候，有人拉扯他的袖子。果然是榮太。榮太默默拉著伊昂的手，把他帶到樓梯裡面的窪地。

「怎麼了？」

「狩獵。」榮太簡短地說。

這就是傳聞中的「狩獵闇人」嗎？伊昂感到背脊發涼。「公司」受雇於地下鐵和電力公司，派出受過特殊訓練的強悍男人。男人們帶著周全調查過的地圖，在地下摸遍每一寸土地，意圖將闇人斬草除根。伊昂知道這種行動叫作「獵闇人」，但他怎麼樣也沒想到夜光部隊的總部會遇襲。

「那邊怎麼樣？」

男人的聲音響起。比和尚的手電筒更亮上幾十倍的光線從各處發射，交錯又分離。伊昂想起剛剛才看到的太空戰爭電影。

「死路。」

「噢，有房間。」

有人猛力推開大佐的房間門。千鈞一髮。

「沒人。溜掉了。」

「喂，那邊有沒有通往南邊的通道？仔細檢查。」

有人看著地圖命令。報告聲響起：

「沒有。巧妙地封起來了。」

「這條通道沒有人。」

「混帳。那傢伙有槍。給我徹底的找。」

有人大聲指示。有槍的人指的是和尚吧。

總部裡設了幾台巨大的投光器。在亮晃晃的照明下，身穿深藍色制服、頭戴銀色安全帽的男子手持警棒或空氣槍正四處奔跑。仔細一看，已經有十幾名夜光部隊的隊員被反手銬上手銬，低垂著頭。薩布頭流著血，被捆了起來。

「是薩布。得去救他才行。」

伊昂想要跳出去，榮太制止：「沒用的。」

沒多久，薩布一行人被男人拖出去了。伊昂和榮太觀望了一會兒後，總算踏進總部。他們發現丸山一個人頭破血流地死在舞台底下。地板上形成一片巨大的血泊。慘不忍睹的情狀讓伊昂別過臉去。

「真可憐。他一定是想拿模型槍抵抗。」

榮太呢喃。伊昂用手電筒四處照射，調查還有沒有人留著。可是夜光部隊被一網打盡了。好像只有和尚逃亡了。

「榮太，錫怎麼樣了？」

伊昂和榮太一起前往錫所在的房間。遠方偶爾會有男人的怒吼聲傳來。每當這種時候，他們就關掉照明，藏身在黑暗中。好可怕。

兩人總算來到錫所在的房間，伊昂呼喚：

「錫，我是伊昂。你在哪裡？」

可是沒有回應。伊昂壓抑著不安，在偌大的水泥空間四處奔跑。

「地上掉著這個。」

榮太遞出來的是伊昂送給錫的彈片。

「萬一狩獵闇人的人抓走了他，會怎麼樣？」

榮太以低沉的聲音答道：

「應該會被送去未成年監獄。」

未監啊。那麼再也見不到錫了吧。伊昂沒有哭，他只是虛脫頹坐在冰冷的地上。此時他發現水泥地上寫著白色的文字。用手電筒一照，是用粉筆潦草寫下的字跡，可以辨讀得出是「總有一天能再會」。

「榮太，你看這個！」伊昂指著文字叫道。「一定是錫寫的。」

「好厲害！雖然被抓，但他還是留下訊息了。」

兩人興奮極了，看了地上的文字一會兒。總有一天能再會。伊昂重要的人都不在了，最上消失，鐵死了，銅是幻覺，只有錫留下了訊息。

一旦被關進未成年監獄，不曉得得在那裡被關上多少年。可是早已認命不久於人世的錫，或許打算為了伊昂多活幾年。即使被和尚弄壞吉他也不停止歌唱的錫，他比外表還要堅強。

伊昂把錫的彈片收進口袋，準備總有一天再會時交給他。

「准尉，怎麼辦？」

伊昂苦笑：

「不用叫我准尉了，榮太，直接叫我伊昂吧。和尚也不在了，夜光部隊四分五裂了。」

榮太顯得很寂寞：

「真沮喪，他們就像我的家人。」

「總有一天能再會的。」

伊昂重複錫的話，明明沒有強光，榮太卻眨著眼睛垂下視線。

「不，見不到了。他們沒有錫那麼聰明，都是些遲鈍得要命，只會吃虧的傢伙，所以才會聚在地下，就像我這樣。大家被關進末監，一定會就這樣老去吧。等出了末監，都成了中年人，就算我再遇到他們，也認不出誰是誰了。」

榮太朝著黑暗空虛地笑，向伊昂伸出手來：

「伊昂，差不多該走了吧？這裡很危險。或許他們知道會有人來找錫，在這裡埋伏。」

伊昂站起來，仰望黑暗的天花板。他想回去澀谷街頭。

「榮太，我要回去地上。你呢？」

榮太想了一會兒，搖搖頭說：

「我去給貯水池的老頭跑腿好了。」

「別傻，太難熬了。」

「我們以前就認識，不要緊的。」

「可是那裡很冷。」

「我習慣了。」

榮太仰望伊昂，那張臉像是在問：為什麼要強烈反對？伊昂老實說了：

「我很不安。我很怕。想到如果一個人在黑暗中徬徨，光想像我就快瘋了。我害怕地下。」

榮太點點頭：

「我也害怕地下。愈往深處走，愈往底下走，就會忍不住焦急是不是再也出不來了？可是靜靜地蹲在地下深處，就像窩在巢穴裡一樣，也令人安心。地下真的非常古怪。我聽說就連闇人，每年也都有好幾個發瘋。」

「如果你怕，就跟我一起去地上吧。」

可是榮太頑固地拒絕：

「你一個人走吧。」

「太可惜了。你之前不是說你不想作噩夢嗎？我也害怕作夢，所以不吃藥了。你都作些什麼夢？」

「突然挨揍的夢。被推去撞牆、被推下陽台、從背後被踢。驚嚇總是突如其來。因為不曉得驚嚇會來自何處，我總是怕得睡不著覺。我出生的地方讓我飽嘗無法形容的痛苦，所以我再也不會回去地上了。地上是可怕的地方。伊昂，我要在地底的黑暗中過完一輩子。」

「好吧。你要小心，別遭獵捕了。總有一天能再會。」

伊昂的話，讓榮太害羞地笑了。

兩人順利穿越高壓電纜通過的甬道，打開回地道的門，瞬間紅燈閃爍起來。和尚曾經神氣地說門一開電腦就會啟動，所以他們已經動過手腳讓電腦失靈，不過看樣子機關已經曝光了。

「伊昂，快跑！」

榮太用力推伊昂的背。兩人兵分兩路，在漆黑的地道跑起來。不知道哪邊才是正確選項，只能聽天由命了。

燈光打在伊昂的背上，光強到可以看清遠方。但幸好伊昂前進的地道是平緩的下坡。伊昂急忙趴到地面，似乎隱藏住自己的蹤跡了。

「我看到人影。」

男人的聲音意外地近，但伊昂靜靜不動，聲音便不見了。取而代之，遠方傳來大叫：

「這邊！」

榮太被抓到了嗎？伊昂閉著眼睛，蹲在地上。發黴的土味。

究竟過了多久？一股快被黑暗壓垮的恐怖席捲全身，伊昂打開了手電筒。獵人似乎離開了。

漆黑的通道往下延伸。只能繼續走下去了，可是這條路的方向與地上的溼谷相反。怎麼辦？雖然猶豫，但也只能前進。

大概走了一小時，伊昂感到恐懼而停下腳步。前方有一個大洞，他戰戰兢兢地用手電筒一照，洞穴底下是下水道，而且是滿水，嘩嘩巨響地沖激著。完全是死路。

伊昂選擇的地道，似乎是通往下水道的水道之一。因為乾涸了，所以沒發覺是水道而已。

伊昂探出身子，想要看看下水道通往何處。腳卻在泥濘的斜坡一滑，摔進了水裡。水意外地溫暖。他一眨眼就被強大的水流沖走，伊昂因此載浮載沉，沒有溺水。

伊昂放棄掙扎，沒多久他便灌了一堆水，幾乎昏厥過去。當他心想或許會死掉的時候，忽然想起「總有一天再會」這句話，因而露出微笑。伊昂的身體就像片葉子般不斷漂流。

猛烈的撞擊讓他醒了過來。背好痛，水還是一樣激烈沖刷，身體完全涼透了，但意識非常清楚。伊昂撞到了鐵柵欄。幸而他身上大佐的褲子勾到柵欄上的木片，所以才沒有沉沒。

死亡就在咫尺之處，可是伊昂的五感卻感覺到一股懷念呢喃著：活下去，活下去。

伊昂睜開眼睛向上看，看到難以置信的東西，淡藍色的天空。是他看過好幾次的藍天，絕對不可能認錯。是美麗的秋季早晨的天空。

伊昂冷得牙齒直打顫。自己來到下水道的盡頭，也就是河流或海洋附近，然而鐵柵欄卻不肯放他出去。

伊昂想起了鐵的歌。搭乘廢材做成的小舟逃脫，想要看看大海的鐵。盡頭處的確是海，卻是個被柵欄圍住，無法逃脫之處。那會不會就是這裡？

伊昂東張西望，嘩啦啦地奔流的水淨是把伊昂的身體朝柵欄推擠，其餘什麼都看不到。

我會跟鐵一樣死去嗎？伊昂突然怕了起來。

「救命！」

他大聲呼救，卻沒有人來，也沒有發生任何事。伊昂使力想要拆掉鐵柵欄。可是憑他的力氣，無法移動柵欄分毫。

伊昂自暴自棄地大聲唱起夜光部隊的主題曲副歌。

無聲的凱旋　士兵的名譽

無聲的凱旋　士兵的名譽

突然間，某處傳來男人的聲音。

「往下潛，有個三十公分左右的洞。」

鐵柵欄另一頭出現一艘小船，令伊昂一陣驚喜。可是出水口的水流太強，小船無法靠近。一個頭戴黑帽的年輕男子從小船探出身體，朝著伊昂揮手。是出聲叫他的男子。

「潛到底，穿過洞口出來！」

伊昂想要回話而張口，瞬間被灌入大量的水，差點淹溺。他急忙划水，男子鼓勵他：

「慢慢來，加油！」

伊昂用力吸了一大口氣，抓住鐵柵欄拚命往下潛。他抓到底下的泥沙，也看見柵欄間的缺口，但身體卻被強大的水流推擠上來。他試了幾次，卻無法成功。不久，強烈的疲勞讓伊昂失去了抵抗水流的力氣。伊昂無力地漂浮著。體力快見底了。

「加油！」男子以悲痛的聲音呼叫。

「我不行了。」

伊昂喃喃說，結果男子從船上站了起來。

「那我從這邊拉，你再潛一次。」

男子扯下帽子，脫掉身上的夾克。底下是白T恤。男子笨拙地從小船跳下來，游到出水口。

「好了，潛下去！」

男子在水花另一頭說。伊昂勉強潛下去。他的身體已經虛弱到甚至想要就這樣死掉算了，睏得不得了。

可是鐵柵欄另一頭的男人為他潛進水裡。水中的伊昂隔著柵欄看過去，男子正朝他伸出雙手，就像在說「快過來」似地，一次又一次招手。此時伊昂覺得看到了鐵的面容。

伊昂抓住柵欄的缺口。他使盡全力，扭動身體試著鑽進去。勉強把肩膀擠進去後，一股強大的力量抓住了伊昂的手，把他拉扯出去。太好了。鐵果然會保護我。伊昂放下心，同時灌進一大堆水，失去意識溺昏過去。

3

「真可憐。這孩子可能沒救了。這麼瘦，又喝了那麼多髒水。」

低沉沙啞的女聲。有柴薪劈啪作響的聲音。

伊昂夢見他躺在地下貯水池旁烤火的那群老頭子身邊。是個很可怕的夢，自己躺在又濕又冷的水泥地上，旁邊是大量的水。魚激起水花跳起，還有水滴滴落的單調聲音。好冷。

伊昂想像許多魚在黑水中蠕動的模樣，覺得恐怖而掙動身體。結果這次榮太的聲音不知從哪裡傳了過來：

「我討厭作夢。」

太好了，榮太沒在地道裡被抓到。他一定是在這裡幫老頭子跑腿過日子。伊昂想要告訴榮太自己就在附近。但不知為何，身體和嘴巴都動彈不得。尤其是嘴巴，乾渴得要命，連舌頭都無法挪動半分。

「如果這孩子一直不醒，怎麼辦？」

又是剛才那女人的聲音。

「可是他很努力。我本來以為他會就那樣死掉，他很了不起。」

不是榮太的聲音。是跳進水裡救他的男人嗎？咦？伊昂在夢中納悶。這些人是在說我嗎？地下貯水池不可能有女人。

「可是這樣下去他可能會死掉。欸，這是第幾天了？」

「三天吧。」

「太久了呢。如果他再不醒，就得找醫生了。」

有人溫柔地撫摸伊昂的頭髮，一定是那個聲音低沉的女人。

伊昂總算睜開眼睛。眼珠子也是乾的。明明喝了那麼多水，卻覺得全身各處都失去了水分，整個人乾透了。刺眼得要命，眼睛焦點對不起來。觀望著自己的女人影像總算凝聚起來。擔憂的眼神。

「啊，他醒了！他醒過來了！」女人叫道。

溫暖的液體滴滴答答地落到伊昂的臉頰上。伊昂花了好久才發現那是淚水。

「真是太好了。你得救了。」

女人以溫暖的手撫摸伊昂的臉頰。他想道謝，卻發不出聲音。

「你運氣真好。我碰巧經過，聽到了歌聲。」

男子在一旁說道。伊昂望向男子。大大的兩顆門牙，臉頰上的痣。是鐵。

（鐵，總算見到你了，我是伊昂啊，是你的兄弟啊。）

伊昂想要說話，但他太衰弱了。不過他放下心來，閉上眼睛。

再次醒來時，伊昂看到反射著陽光的藍色塑膠布。伊昂轉動脖子東張西望，藍色塑膠布的帳篷裡，女人正背對著這裡煮東西。

「謝謝妳。」

伊昂說，女人回頭對他微笑。單眼皮的眼睛，眼神很溫柔。皮膚曬得很黑，但相當光滑。曬黑的膚色顯示了她是露宿街頭者。

「你睡了好久呢。現在應該很虛弱，先喝點白開水吧。」

女人扶起伊昂的身體。他一陣暈眩，塑膠杯緣按在唇上，慢慢地啜飲白開水。白開水有點甜甜的，很好喝。女人盯著伊昂的臉問：

「你是從地下逃出來的吧？如果可以不用回去，就待在這裡慢慢休養吧。」

「這裡是哪裡？」

「井守川流域。」

伊昂第一次聽說。

「這裡是船上嗎？」

女人笑了。一笑缺了門牙的地方就很顯眼。

「不是，是惠比壽。井守川是澀谷川的支流。我們是川人。川人是漂流民，生活在河邊或暗渠裡面。可是暗渠一下雨就很危險，所以現在幾乎所有的川人都在堤防或護岸搭帳篷。你沒看過嗎？」

伊昂慢慢地搖頭。夜光部隊、闇人、川人。離開公園村以後，他遇到了形形色色的人。可是這裡有他尋尋覓覓的鐵。伊昂覺得總算到了終點，環顧帳篷裡面。

帳篷很小，伊昂躺的簡易床鋪加上爐灶就塞滿了。自己一定是占了女人的床。

他聽到有人用棒子敲帳篷支柱的聲音，鐵進來了。伊昂心情激動不已。離別之後已經過了好幾年，但他不可能認錯鐵的臉。

「謝謝你救了我。你叫鐵對吧？」

伊昂連道謝都嫌浪費時間，忍不住詢問。男子頓時不安地止步，看了女人一眼後搖了搖頭。

「不，我叫銅。」

伊昂混亂了。銅是幻覺，年幼的自己看到的應該是鐵一個人才對。

「你是鐵，我是跟你一起長大的。」

「等一下。其實我不知道我是誰，所以或許我是鐵。可是聽說我獲救時，我說我是『銅』。」

女人點點頭。

「這孩子跟你一樣，被卡在其他排水渠的柵欄處。那個時候他受了很嚴重的傷，也失去了記憶。」

「你看這個。」

「銅」摘下帽子，頭頂有個巨大的傷疤。

伊昂看到他頭部的傷，倒抽了一口氣。頭頂凹陷，沒有頭髮。

「好嚴重的傷。」

「現在已經沒事了。」銅微笑說。「那麼我其實不叫銅，而是叫鐵嗎？是銅還是鐵？」

「或許是鐵，或許是銅。對我而言，哪邊都無所謂。我小時候一直以為你是叫『銅和鐵』的雙胞胎兄弟。」

「我是雙胞胎嗎？所以是哪邊都無所謂嗎？真有意思。」

鐵愉快地笑道。他一笑，巨大的門牙便顯得相當醒目，伊昂懷念得胸口都發疼了。

「你本來是雙胞胎，可是聽說弟弟銅很快就死掉了，所以你是鐵。可是小時候的我不知道為什麼把你看成兩個人。我想那一定因為我希望你是兩個人吧。我一直想要父母，而你人非常好，會照顧大家，我希望你成為我特別的存在，而且一個人很寂寞，所以我很羨慕雙胞胎也說不定。」

伊昂回想起連自己的記憶和視力都無法信任、在大佐的房間裡陰鬱度日的過往。

他總算與鐵再會了，為何心情還是無法開朗？這麼一想，頭突然痛了起來，伊昂按住了頭。

鐵沒發現伊昂的異狀，在床邊坐下，天真無邪地問：

「那我真正的名字是鐵嗎？從今以後我就叫鐵好了。你叫什麼名字？」

「伊昂。」伊昂盯著鐵的眼睛。「你不記得我的名字嗎？」

鐵搖搖頭。雖然已經有了心理準備，但伊昂還是忍不住失望。

「我說伊昂，你怎麼會知道我的事？我們認識，是小時候的事了吧？」

「是地下一個叫錫的人告訴我的。他說他跟你一起生活過。」

「錫？什麼樣的人？」

「你連錫也不記得了嗎？如果知道你還活著，錫一定會非常高興的。」

「完全不記得。」

鐵歪著頭納悶地說。伊昂想起錫的彈片裝在口袋裡，急忙摸索口袋。幸好他把彈片塞在裝錢幣的小口袋裡，儘管受到濁流強力沖刷，彈片也沒有被沖走。伊昂把彈片拿給鐵看。

「這是錫留下來的彈片。我想在下次見到他的時候拿給他。」

鐵輕輕捏起伊昂遞出來的彈片，翻來覆去細細地端詳。他的動作與小時候的鐵十分相似。

「真想想起錫的事。」

「錫的個子比我還小，又細又瘦。可是他很會彈吉他，也做了很多曲子，還有你的歌。是非常棒的歌。」

「什麼樣的歌？我想聽。」

鐵似乎很有興趣，探出身子。可是伊昂要開口唱的時候，劇烈的頭痛又席捲上來，他皺起眉頭。鐵拍拍他的肩膀。

「你說太多話了。好好休息過後再唱歌吧。『銅』也是，明天再說吧。」

伊昂一下子覺得累了，仰躺在床上。結果鐵看著伊昂說道：

「伊昂，謝謝你。我還會再來。等你好了我們再一起玩吧。」

伊昂揮手道別後，馬上落入了夢鄉。那深沉的睡眠就像一下子把人拖進溫暖的泥沼般，教人無力抗拒。

醒來時已經入夜了。頭痛消失，取而代之的是強烈的飢餓。黑暗當中，女人睡覺的呼吸聲近在耳畔。

伊昂想起在房子的時候，如果半夜醒來，除了小孩子淺淺的呼吸聲以外，還可以聽到大人深沉的呼吸或鼾聲。當時他們是在大房間裡，一大堆人睡大通鋪嗎？鐵什麼都不記得，讓伊昂遺憾極了。

忽然間他想起一件事。如果他半夜醒來哭泣，一定會有人起來安慰。是不是有人說過，那就是你的「好心的大人」？

告訴他這些事的一定是銅鐵兄弟。可是鐵什麼都不記得。伊昂一直相信只要見到銅鐵兄弟，就可以問清楚自己的身世，解開一切疑問，所以他才會踏上漫長的旅程，這下子期望卻落空了。

想起大佐的死和置物櫃店老太婆的病，伊昂空虛得幾乎要掉眼淚。他在床上忍著淚水，察覺女人悄悄地翻了身。

遠方傳來電車的聲音。然後是駛過附近高速公路的汽車引擎聲。自己現在毫無疑問身在地上。今後他要怎麼活下去才好？伊昂嘆了口氣。

「肚子餓了嗎？」

女人在黑暗中問。伊昂老實說是，女人以帶著哈欠的溫柔聲音說了：

「好現象。忍耐到明天早上好嗎？」

「謝謝。」

「你真有禮貌。」

女人笑了。

「以前照顧過我的人教我的，叫我不能忘記道謝。」

最上，你現在怎麼了？

「你說以前，可是你還是個孩子吧？」

我還是個孩子嗎？伊昂覺得自己好像老了一百歲。

伊昂試著想起應該就在薄薄藍色塑膠布上方的夜空。有星星嗎？月亮是什麼形狀？

「對了，我忘了說，我叫水森。還有另一件事忘了說，我不曉得他是鐵還是銅，不過那孩子不光是失去了記憶，還回到了小時候。你發現了吧？」

啊啊，果然——伊昂覺得古怪的感覺化成了明確的形體。

伊昂懷著過去的空洞，持續成長，然而鐵卻還身陷空洞之中。多麼令人悲哀啊。

「既然好不容易找到他了，我會保護他的。」伊昂閉上眼睛說。

隔天早上伊昂吃了水森煮的粥和炒蛋。伊昂在地下沒吃過像樣的東西，覺得好吃到無以復加的地步。

「伊昂，早，你恢復了沒？」

戴著黑帽的鐵來露臉了。他現在十九歲了嗎？雖然看起來消瘦骨感，但個子挺拔，骨架很大。見到伊昂似乎讓他高興得不得了，黑色的眼睛雀躍不已。

「嗯，好多了。你呢？」

「我很好哇。欸，伊昂，唱我的歌給我聽。」

伊昂唱了錫做的〈鐵之歌〉給他聽。鐵一臉古怪地聽著。唱完之後，鐵露出無法接受的表情說：

「歌裡面說我死了，可是我明明就還活著啊。」

「沒辦法啊，錫又不知道你得救了。」

水森在一旁說：

「這樣啊，真想把這個消息告訴錫。錫現在在哪裡？」

「大概在未成年監獄。」

伊昂答道，水森驚訝地轉過頭，鐵則是一無所知的模樣。

「那個地方在哪裡？我沒聽過那種地方。」

「總有一天可以見到錫的。就像我見到你一樣。」

伊昂的話似乎讓鐵放心了，他要求說：

「可以再讓我看看錫的彈片嗎？」

「當然可以。送給你好了，由你來交給錫吧。」

伊昂把彈片放到鐵的掌心，用雙手包裹起來。

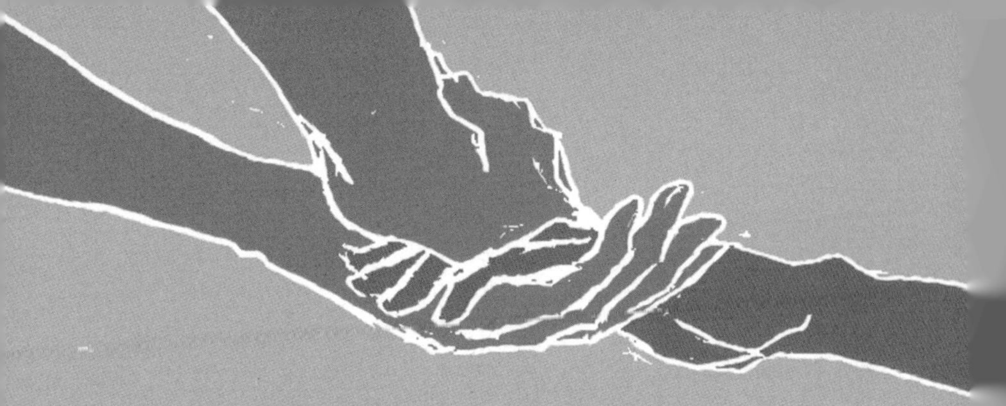

第六章 好心的大人

1

伊昂在水森的帳篷裡休養約一個月，體力完全恢復了。待在地下的時候變得脆弱的眼睛，在眺望天空和流水之中，也漸漸變得可以承受強光。這全拜好心的水森所賜。

隨著十一月接近尾聲，河川的水量逐漸減少，川人開始三三兩兩出船去了。他們說今年河水很少，要去千葉。據說必須穿越暗渠和狹窄的運河前往，是一段非常危險的旅程。水森把藍色塑膠布和糧食分給伊昂和鐵，離開井守川。

伊昂也決定帶著鐵回代代木公園村。雖然不知道現在由誰領導，狀況如何，但公園村適合過冬。會有許多義工團體和大型食物銀行前來，幾乎每天都會開伙、發放食物。公園村的人會彼此扶助，相當安全，停車場也有凱米可她們的媽咪集團。或許還可以見到最上。還想再見最上一面，想和凱米可說話。伊昂懷念得想哭。

「伊昂，公園村是什麼樣的地方？」

不知道是不是被伊昂的期待所感染，鐵就像要去遠足的小孩似地雀躍不已，這麼問道。

「會有很多人去的地方。」

「什麼樣的人？」

「跟我們一樣，沒有家，沒有錢，也沒有家人的人。」

「沒有家，沒有錢，也沒有家人的人啊。」鐵說完後，看著伊昂的臉笑了：「可是我有伊昂你這個兄弟。」

鐵高興地把臉頰挨近伊昂的肩膀。鐵變回了十歲左右的少年。這接近伊昂他們「兄弟」四散當時鐵的年紀。可是遺憾的是，鐵什麼都不記得。伊昂摟住把臉頰挨過來的鐵的肩膀。不管是身高還是體格，伊昂都遠遠不及鐵，可是現在他是鐵可靠的大哥。

「是啊，我們是兄弟。」

「是啊，是兄弟。」

「好不容易再見，我們永遠一起生活吧。」

「嗯，永遠一起生活。」

鐵現在會重複伊昂的話。伊昂想起一年前在國際市場遇到的雙胞胎少年。冬季的早晨，骯髒的腳露出攤子底下睡覺的兄弟。哥哥性情溫和，弟弟用尖銳的眼神瞪人。自己和鐵跟他們是一個樣子。然而那個時候的自己對他們很冷漠。伊昂露出微笑，鐵也跟著高興地笑。

「你為什麼笑？」伊昂問，鐵用力聳了聳肩：

「剛才你笑了啊。不知道為什麼，你一笑，我也開心。」

和別人和樂融融地生活在一起，就是享受共鳴的歡愉。伊昂好想見公園村以前的同伴，現在就想立刻跑去。他也想去許久沒去的國際市場。過去或許也有人想與伊昂共鳴，但以前的伊昂拒絕了他們。為什麼自己從來都沒有發現呢？伊昂覺得自己如獲新生。

「鐵，我也帶你去國際市場。」

「那是什麼？」

「那裡有很多店，有很多國家的人賣各種東西。」

鐵露出不可思議的表情。他不曾看過店鋪吧？井守川只偶爾會有川人的船過來販賣日用品和食品。

伊昂和鐵背著水森給他們的塑膠布和糧食，沿著明治大道往澀谷前進。人行道的石板剝落，露出泥土，周圍的商店幾乎都拉下了鐵門。商業大樓沒有人影，天橋上到處躺著遊民。空屋很多的地區化為貧民窟，許多人非法入住。澀谷是特別危險的地區。

每一處的建築物暗處都可以感覺到銳利的視線，監視著兩名行經的外來者。伊昂想到接下來要進入鬧區，不禁緊張起來。即使遇到狩獵遊民的人，自己一個人還逃得掉，但他還帶著鐵。而且鐵一臉好奇地東張西望著。

「鐵，不管發生任何事，都不可以離開我。」

「你也不可以離開我唷。」

兩人緊緊地牽著手前進，不久後來到了澀谷，仰望化為無人高架車站的ＪＲ車站。車站前空空蕩蕩，難以相信過去站前有狗的銅像，許多人還把這裡當成會合的地點。現在有警察成天監視著，只要稍微離開車站，就有一堆窮人到處遊蕩。

伊昂牽著鐵的手，走上懷念的道玄坂。睽違許久的市街令人疲倦極了。所以為了抄近路，伊昂選擇經過公認危險的中心街後面。

沒有人會在中心街悠哉地行走。聚集在這裡的，只有貪婪地打量著路人的無業年輕人。有人在爭吵，有人躺在路上，也有身受重傷的人，偶爾也有屍體。不得不經過這裡的人，都收斂眼神，快步經過，免得被人找碴，或是碰上搶劫。

伊昂和鐵平安地穿過中心街後面，就這樣前往公園村。到西側停車場一看，果然有好幾頂媽咪們的帳篷。四、五個女人抱著小孩子站著說話。因為天冷了，女人和孩子都穿得胖鼓鼓的。

有個年輕女人把繩子綁在公園的樹木之間，晾著剛洗好的尿片，伊昂向她搭訕：

「妳好。」

女人背上綁著嬰兒，也不回話，盯著伊昂的臉瞧，用被冷水凍紅的手抹抹垂落的髮絲。

「我想見凱米可。」

「凱米可？」

女人的眼睛浮現警戒的神色，朝著傻笑的鐵送出懼怕的視線。伊昂慌忙改口。他想起以前凱米可的部下叫他要喊「凱米可大人」。
「我要找凱米可大人。」
「你等一下。」
女人把衣物就這樣扔在洗衣籃，跑到站著聊天的女人那裡去了。
「伊昂，凱米可是誰？」
鐵天真地問。伊昂好久沒來公園了，正在懷念得發怔，被他這麼一問，回過神來。
「熟人。很可怕，可是是好人。」
「很可怕，可是是好人。」鐵愉快地仰望天空。「我們也要住在這裡嗎？」
「不，男人住的地方在更東邊。」
「我比較喜歡有女人的地方。」
鐵笑著搭住伊昂肩膀的時候，一道低沉宏亮的女人嗓音響了起來：
「是你們在找凱米可？」
女人又肥又壯，黑色連身裙上披著粗毛線織成的開襟衫，胸口別著紅玫瑰假花。她戴著大大的環狀金耳環，雙手手指戴滿了戒指。那不像遊民的過度打扮把伊昂嚇得後退。
「妳是誰？」
女人沒有回答，問伊昂說：

「你跟凱米可是什麼關係？」

「我們以前認識。」

「什麼時候認識的？你是地下幫的人吧？」

女人的眼神有著深沉的憤怒。伊昂把鐵護在背後。

「不是的。」他撒謊。「我是以前住在公園村的伊昂。我來到附近，所以過來看看。」

「胡說！如果待過公園村，不可能不知道這場騷動！」

某處響起尖銳的詰問聲。像要包圍壯女人似地，穿著類似的一身黑打扮的女人群聚而來。伊昂覺得不對勁。

「這裡是媽咪們的地盤吧？」

「是啊，是媽咪們，不過是亞美香大人的媽咪們。」

亞美香。伊昂吃了一驚，仰望亞美香的圓臉。不是說凱米可把亞美香趕走了嗎？那麼凱米可怎麼了？

「凱米可在哪裡？」

「你好像真的不知道。你是進了未監嗎？」

亞美香說完，圍繞著她的女人們齊聲大笑。這些人比凱米可身邊的年輕女人更要年長一輪，冷靜與認命並存，每張臉都掛著壞心眼的表情。

「伊昂才沒有去未監！」鐵生氣地說。

「那他之前在哪？」

亞美香笑著問鐵。

「在地下。」

鐵指著地面說。亞美香臉色大變。

「你果然也是地下幫那夥的！你是那個混帳和尚的手下嗎！滾回去！不許再來這裡！」

有東西「咚」地撞上肩頭，接著掠過臉頰邊。掉在地上的是水泥塊。亞美香她們帶著的一群孩子朝著伊昂和鐵扔石頭。一定是亞美香再次趕走了凱米可。

「快逃！」

伊昂抓起鐵的手拔腿就跑。究竟出了什麼事？

2

伊昂原本以為公園村是個安全的地方，但遭到媽咪們仇視，就待不下去了。伊昂走投無路，決定去國際市場看看。能不能在那裡要到一個攤子？視情況，也可以像以前看到的雙胞胎兄弟那樣，躲在攤子底下睡覺。

伊昂牽著鐵的手爬上百軒店的坡道。被媽咪們趕走似乎令鐵相當害怕，他好一陣子都止不住地發抖。千代田稻荷神社前攤販林立，許多人聚在那裡買食物，或是物色商品。國際市場的熱鬧還是老樣子。

伊昂看到難以置信的東西，怔在原地。市場入口蓋起了一棟大樓，雖然簡陋，卻是全新的。二樓掛出「十字屋」的招牌。伊昂拉著鐵的手衝上大樓狹小的階梯。階梯的牆面是施工廉價的三合板牆，一敲就會出聲。

「這裡有什麼？」

鐵問，伊昂回答不出來。這裡總不會是手槍婆的置物櫃店吧？伊昂記得大佐提起的「十字屋的光子」這個名字。

伊昂敲了敲薄門板，沒有回應。他下定決心開門，映入眼簾的，果真是滿牆的置物櫃。置物櫃用鐵鍊捆綁在地上，緊密排列。不過沒有以前那樣的深度，是間小店。

「小哥，有什麼事？這裡是置物櫃店，沒事就出去。」

熟悉的聲音。坐在輪椅上的手槍婆正從置物櫃後面瞪著。染成橘色的稀疏頭髮、花稍的藍色洋裝，還是老樣子，拿著說是含有鍺粒子的滾輪棒在皺巴巴的臉頰上滾動。

「阿姨，我是伊昂。」

老太婆瞇起眼睛凝視了伊昂一陣子後，驚訝地弄掉了鍺棒。鐵撿起掉到地上的鍺棒交給老太婆，但老太婆或許是左手不靈活，沒有立刻接下。好心的鐵硬是讓老太婆握住了棒子。可是老太婆滿臉啞然，說不出話來。

「對不起，阿姨，請妳原諒我搶了妳的槍。」

伊昂道歉，但老太婆默默無語。伊昂在骯髒的地板跪下。

「我聽說阿姨病倒了，一直想跟妳道歉。還有，我在地下見到了大佐。是阿姨的老公。」

「他已經死了吧？」

手槍婆說完，左手無力地下垂。鐵讓她握住的鍺棒再次掉到地上滾走。鐵又去撿起來，猶豫似地悄悄交給了伊昂。老太婆恍惚了似地看了半空一會兒。

伊昂望著手中的鍺棒，對自己氣憤極了。大佐之死，無可挽回，果然是自己害的。他不知道該怎麼贖罪才好。

「是我不好。對不起。」

手槍婆深深地嘆息。

「算了。都是我不該帶著槍到處走。」然後手槍婆回望身後，出聲道：「凱米可，是伊昂。伊昂來了。」

老太婆身後的門半開，凱米可從裡面探出頭來。她穿著黑色的衣服，神情憔悴，黑色的髮根都冒出白髮來了。凱米可勉強想笑，臉部卻只是抽動了一下，連笑都擠不出來。

「凱米可，妳怎麼了？生病了嗎？」

凱米可的變化讓伊昂大吃一驚，他跑了過去。

「她兒子幻被搶走了。」

老太婆代替凱米可回答。

「被誰搶走？」伊昂大叫。

凱米可以陰沉的聲音答道：

「叫和尚的傢伙。那傢伙突然跑來，在媽咪們的地盤大鬧，攪得天翻地覆。我的保鑣一個眼睛被弄瞎，另一個手指被折斷。那傢伙把幻搶走，說要把自己的兒子弄成闇人。我追上去，但對地下完全不熟，迷路了好幾次，差點走進鬼門關。或許幻再也不會回來了。」

「我在地下遇到和尚了。」

伊昂回答，於是凱米可懇求似地看他：

「你看到幻了？」

伊昂搖搖頭：

「我們已經分開一個月以上了。」

「那傢伙就是那個時候來的。」

凱米可的眼睛底下冒出黑眼圈。伊昂想起相隔許久被派到地上幹活時巧遇的凱米可。在盛夏的燦陽下閃耀動人的美麗凱米可。她那時候帶在身邊的小男孩就是幻吧。

「凱米可也被媽咪們趕走了。亞美香趁虛而入回到老巢，取而代之。那個可惡的臭婊子。」老太婆說。

「我知道，我剛才碰到了。她逼問我們是不是地下幫的。」

「一想到幻被關在那樣漆黑的地方，我就傷心得快死了。」

凱米可的聲音哽住了。凱米可哭了。鐵咬著指甲，不知所措地踱來踱去。因為太善良，鐵會對別人的悲傷過度反應。

「地下的話，我稍微了解狀況，凱米可，我可以帶妳過去。」

凱米可抬起頭來。她的眼睛恢復了一點神采。

「如果伊昂願意陪我一起去，那就太棒了。」

「走吧，一起去找幻。」

「我也要去。」鐵附和說。

「對了，你忘的東西。」

老太婆用右手丟了一支鑰匙過來。伊昂接下，上面附著三十八號的號碼牌。

「是我留下的鑰匙。」

「沒錯，是同一個置物櫃。」

伊昂打開三十八號的置物櫃。裡面只有一只方型信封，封面文字是他忘也忘不了的「給伊昂」。封口撕得很醜，是因為當時的伊昂自暴自棄，說著「裡面沒錢嗎？」撕開檢查的緣故。以前的自己是個多麼可惡的傢伙啊。

伊昂立刻想讀最上的信，但讀字需要時間，他不想浪費凱米可和鐵的時間。他把信小心地收進胸袋裡。

「伊昂，那是什麼？」鐵指著問。

「信。」

伊昂從口袋上面按住信，紙張發出沙沙聲。長期收在置物櫃裡，變得相當乾燥。

「信？好好唷，我也想要。」鐵羨慕地說。

「那晚點一起看吧。」

「嗯！」鐵的表情變得開心，用力點頭。結果已經等在門前的凱米可不耐煩地踹了一下地板：

「喂，你們到底要不要帶我去地下啦？快點啦。我們在這裡磨蹭的時候，搞不好那孩子就死掉了。」

鐵被凱米可的大吼嚇得發抖，想要躲到伊昂背後。

「凱米可，鐵的個頭比我大，可是他的心是小孩，不要凶他。」

伊昂提醒說，凱米可咬住粗糙的嘴唇說：

「對不起，我好像有點焦慮。不要見怪。」

「我知道，沒關係。」

凱米可露出驚訝的表情：

「伊昂，你變了。」

「怎樣變了？」

「變堅強了。該說是變成大人了嗎？」

十六歲的大人。伊昂忍不住笑了。

「夏天遇到你的時候，你的眼睛顏色好淡好淡，一副快死的模樣，可是現在又變強壯了。」

沒錯，是鐵救了他。深入地下尋找銅鐵兄弟是值得的。可是自己做的事真的是對的嗎？

伊昂回望置物櫃店的老太婆，把鍺棒交給她。老太婆面無表情地看著手中的鍺棒。

3

伊昂把鐵和凱米可帶到地下街的員工廁所階梯。看到宛如垂直落入漆黑洞穴裡的鐵製階梯，凱米可嚥了嚥口水。

「凱米可，如果妳怕，回去沒關係，我們去幫妳找。」

「你那是什麼話？那可是我兒子，我不去怎麼行？」

被錫評為「怕黑」的凱米可，正窺看著伊昂用手電筒照亮的深穴說。女人只要成了母親，就會變得這麼堅強嗎？

伊昂懷著不可思議的心情望著凱米可的側臉。

「你看什麼？」凱米可尖聲問。

「妳也變了。妳不是說妳只愛自己嗎？可是現在妳只想著幻。」

凱米可憤恨地說：

「這不是廢話嗎？等到你為人父母就知道了。」

為人父母，伊昂想都沒想過。伊昂仰望一旁的鐵，鐵一點都不害怕黑暗，似乎純粹因為能跟伊昂在一起而歡喜。伊昂想要保護鐵。為人父母，就近似於這種感情嗎？那麼為什麼他們沒有父母？為什麼沒有人保護他們？陡然間，一股銳利的痛楚貫穿了伊昂的胸口。

「快走吧。」

凱米可催促。

「好。這條路的難關是跳到橫坑的地方。會暫時到地下鐵月台，再上下走一段路。如果途中能遇到人就好了，或許可以打聽到什麼。」
「可是你不是碰到狩獵闇人行動嗎？還有人留在地下嗎？」
去了才會知道。伊昂領頭開始走下階梯。短短兩個月前，他還在污水中漂流，險些喪命，完全沒想到還有再回到地下的一天。
一想到還要再次在黑暗中徬徨，伊昂忍不住發抖。可是鐵的身體好像還記得地下的感覺，以意外熟練的動作下了樓梯。

兩小時後，伊昂一行人到了地下貯水池。地面濡濕、寒冷。凱米可會猛烈發抖，不全是因為寒冷的緣故。地下居然有個幾乎讓人錯以為是湖泊的大池子，令她害怕。
「伊昂，我們快走。」
凱米可拉他的手，但伊昂決定先尋找老人。如果他們沒有碰到狩獵闇人的行動，應該會在這附近。林立的柱子後方冒出橘色的火光。伊昂朝燈光的方向跑去。鐵像影子般緊跟在伊昂身後。
在貯水池旁邊烤火的果然是老遊民。戴著骯髒棒球帽的老頭指著伊昂說：
「我記得你。你跟薩布一起來過。」
「不，是跟鼠弟。」

白髮老人搖了搖頭。抽著菸屁股的禿頭老人張開大口笑了。嘴裡的牙齒只剩下一顆。

「不對，是鼠弟來過以後，薩布帶來的。怎麼樣？我的記憶力最好吧？」

「這麼說來，薩布跟鼠弟都被扔進未監了吶。」

「哎呀呀。」白髮老人說。「那就完了吶。咱們剩下的日子是見不到他們了。」

老頭們的話沒完沒了。伊昂打斷他們說：

「你們有沒有看到和尚？」

棒球帽老人歪起腦袋說：

「那個夜光部隊的大塊頭是吧？」

「告訴你，你要給我們多少？」

白髮老人以卑賤的口氣說。

「要多少都給你們。我們現在身上沒錢，晚點會去地上拿，告訴我們吧。」

凱米可以悲痛的聲音懇求說。結果後方傳來聲音：

「准尉，你平安無事！」

是榮太。劉海長長了一些，幾乎蓋住額頭，但骯髒的衣服和鞋子還是老樣子。伊昂高興極了：

「太好了，你沒有被抓。」

「我也以為准尉被抓了。」

榮太就像他之前說的，幫老人跑腿過日子。

「欸，你知不知道和尚在哪？和尚搶了我的孩子。」

凱米可搭話，榮太嚇得後退了幾步。地下很難得看到女人。不僅如此，榮太也發現凱米可是和尚的壁畫裡的女人了吧。

「和尚的話，他躲在總部舊址那裡。那裡可以牽電，很方便。」

「那裡有沒有小孩子？」

凱米可逼問，榮太微微點頭：

「我聽到過哭聲。」

即使待在漆黑的地下，也可以看出凱米可的眼睛一眨眼就噙滿淚水。

「混帳東西，那個死沒良心的。」

「可是幻也是和尚的孩子吧？」

伊昂客氣地問。凱米可瞪住伊昂：

「幻是我一個人的孩子！」

伊昂覺得和尚有點可憐。身為父親的和尚，應該也有權利與孩子相處的。但凱米可勃然大怒，誰的話都聽不進去。

「欸，你可以幫我們帶路嗎？」凱米可抓住榮太的肩膀問。

「凱米可，和尚有槍。」

伊昂說，凱米可一臉凶狠地回過頭來：

「那傢伙怎麼會有槍？從哪裡弄來的？」

「是我從手槍婆那裡搶來的。」

「伊昂，原來你就是一切的元凶！和尚才能在媽咪們的地盤發飆逞能，全都是你害的。手槍婆會變成那樣也是你害的，所以你才會那樣向她道歉。這下我總算是明白了。」

凱米可用尖細的手指指著伊昂，激烈地責備。鐵護住伊昂說：

「不要這樣！伊昂是好心的大人！」

「才不是，他是個壞小鬼！」

凱米可憤恨地說。伊昂默默閉上眼睛。他帶來了災厄，這是千真萬確的事實。想起手槍婆神智恍惚地拿鍺棒擦臉的模樣，他難過得心都快碎了。

凱米可要榮太帶路，領頭走在漆黑的地道中。她似乎對伊昂非常生氣，一次又一次回頭朝他吼。

「伊昂，你不用來啦！」

伊昂拚命追趕上去。

「凱米可，我要去，我想幫妳。」

「你不要來啦！如果你不做那些多餘的事，就不會演變成今天的局面。我不想看到你！」

鐵拉扯伊昂的袖子。

「伊昂，凱米可為什麼那麼生氣？我好怕。」

伊昂仰望鐵被手電筒照亮的不安表情。

「因為我做了不可挽回的事。」

「什麼叫不可挽回的事？」

伊昂嘆息：

「也就是再也沒辦法恢復原狀的事。像是有人死掉，或是有人受傷。」

「為什麼有人死掉，會是伊昂的錯呢？」鐵似乎覺得不可思議，一次又一次地問。「伊昂那麼好，為什麼會是伊昂的錯？我完全不懂。而且有人受傷，怎麼會是不可挽回呢？只要傷好了不就好了嗎？」

伊昂緊緊握住鐵的大手。

「因為我很想見鐵，一直在找你。為了這個目的，我不擇手段。結果我做了壞事。」

「什麼，原來是因為想見我嗎？那就好了嘛。」

鐵鬆了一口氣似地說，伊昂苦笑了：

「說的沒錯。為什麼人一旦有了珍視的人，眼中就只看得到自己呢？」

現在的凱米可也是，為了搶回孩子，她應該已經下定決心，不管使出任何手段都在所不惜。愛愈深，傷害其他人的力量就愈強大。伊昂認為這是件很可怕的事。

「伊昂，我是你重要的人嗎？」鐵擔心地問。

「當然了，你是我兄弟啊。」

「就是嘛，我們是兄弟嘛。」鐵高興地模仿說。「伊昂也是我重要的人唷。如果有人把伊昂帶走，我也會像這樣去找你，然後殺掉那傢伙。因為你是我重要的兄弟嘛。」

沒錯，他們是一起成長的兄弟，無論有沒有血緣關係都不重要。真正的兄弟無論何時都會彼此扶助。在房子的時候不也是那樣嗎？伊昂緊緊地握住鐵的大手，又納悶起他們以前待的房子究竟是什麼地方？他好想看看本來放在置物櫃裡的剪報。

「伊昂，那是什麼？好漂亮。」

鐵停下腳步。伸手指著前方，是總部的霓虹燈。吊在天花板上的白色燈泡、工地燈、聖誕節燈飾等不停地閃爍著。狩獵闇人時被切斷的電線，又被和尚修復了。

「那裡是以前的總部。我也曾待在那裡。」

「那我以前是在哪裡？」鐵擔心地問。

「你以前是在更裡面的大房間，和一個叫錫的孩子住在一起。」

鐵似乎什麼都想不起來，歪頭看著黑暗中發光的照明。

突然間，孩子的哭聲響起，伊昂忍不住跑了出去。瞬間他踩到覆滿地面的白色ＢＢ彈，差點滑倒。四下似乎也撒滿了米和麵粉，以前被少年自由自在裝飾的總部，現在只剩下暴行之後的一片狼籍。用來作為部隊隔間的紙箱崩塌，石油暖爐倒下，在水泥地形成一片黑色油漬。抱著人偶頭顱的肯德基爺爺也仰向倒地，角落堆置著睡袋和毛毯等等。即使是和尚，似乎也沒辦法全部恢復原狀。

「和尚，把幻還給我。」

伊昂聽到凱米可悲痛的聲音。在總部深處大佐的房間前面。和尚抱著一個小男孩站著，就是夏天凱米可帶在身邊的孩子。凱米可站在他們面前，伸出雙手哀求著。

「求求你，讓我抱他。」

小男孩也哭叫著想要下來。但和尚緊緊地抱住孩子，不肯鬆手。

「和尚，把孩子還給凱米可！」

伊昂叫道，和尚回頭訕笑：

「怎麼，你還活著啊？原來就是你把這女人帶到地下的。伊昂，你總是帶來災禍。大佐會死，也是你帶來的槍害的。丸山的死也是你害的。你給地下世界帶來了兩次死亡。你是災禍的象徵，是惡魔。」

「這是兩碼子事。」

伊昂說，聲音卻在發抖。因為和尚對他的指責一針見血。他帶來的災禍就是手槍。大佐自殺，拿模型槍的丸山被誤會拿的是真槍而遭到射殺，而手槍婆現在只能靠輪椅維生。

「是同一回事。因為你，我也有了力量。」

和尚用左手輕而易舉地抱著幻，從口袋裡掏出槍來炫耀著。

「我有這個。你們全都給我滾出去。幻要由我來扶養。」

「卑鄙！」凱米可憤怒得臉色發青，指著和尚說。「孩子是我生的，是我養的。你才不是什麼父親，你啥都不是！快點把幻還給我！」

和尚搖搖頭：

「幻也是我的孩子，我有一半的權利。我要在地下養育他，讓他跟闇人一起生活。」

「不行，不能活在地下！人需要光明，人需要泥土，有樹木花草生長，有風吹、下雨，夜晚降臨，然後再次天亮，每天的天氣都不一樣，得要這樣才行！那孩子喜歡在外頭玩耍啊！求求你，放他自由吧！」

凱米可哭著說。看到母親哭泣，孩子也哭叫起來，然而和尚充耳不聞。

「不對，活在地下才是正確的。大家一起分擔痛苦，才能有真正的平等。每個人都應該活在無光無風，沒有時間的地下。」

「那樣窮忍耐，活著還有什麼樂趣？我才不要過那種生活，也不要我的孩子過那種生活！」凱米可說。

「那不是窮忍耐。有些事物是要去承擔才能夠認清的。真實只存在於黑暗之中，只有闇人才看得到。」

凱米可想要從和尚手中搶回孩子，卻被一手推開了。凱米可翻了個筋斗，跌坐在地上。她跌倒的地方似乎積著煤油，衣服變得又濕又黑。

「住手！不要對凱米可動粗！」

鐵跑近凱米可。他同情凱米可，流下淚來。在遠處看著的榮太也不知何時湊到旁邊，遞出一塊破布給凱米可。

「和尚，求求你，把孩子還給凱米可吧。我會負起一切責任。」

伊昂開口，和尚鄙夷地揚起一邊眉毛說：

「什麼叫負起一切責任？你小子倒是變得囂張不少，不過就是個被我處刑的街童罷了。那個時候又瘦又小，滿嘴莫名其妙的瘋言瘋語。」

「我的意思是，槍是我帶來的，我會負起這個責任。我很後悔我做了傻事。可以把槍還給我嗎？我要拿去還給置物櫃店的阿姨。」

伊昂把手伸向和尚。

「免談。」和尚笑著說。

「那把幻給我們。」

「免談。」

伊昂看出和尚抱孩子的手變得更用力了。

「和尚，你是在報復我嗎？因為我不聽你的話。」

和尚驚訝地看凱米可：

「怎麼可能？我老早就把妳給忘了。」

「和尚，你騙人！」

伊昂高聲笑道。和尚的表情不快地扭曲了。

「你什麼意思？」

「你明明就無時無刻想著凱米可。凱米可，妳看看那面牆壁。上面應該還有和尚畫的妳跟幻的圖。還有這是錫幫和尚做的歌。」

為什麼你要逃離我？
被扯裂的心好痛，
求求你，留在我身邊。
求求你，不要丟下我。
你是在叫我回去黑暗嗎？
孤單一人，
為什麼你要逃離我？

連閃避的機會都沒有，伊昂被和尚狠狠摑了一掌。臉頰又熱又燙，但因為興奮，伊昂不覺得痛。他笑了：

「和尚，被我說中了吧？錫唱這首歌的時候，你也發飆了嘛。」

「你少囉嗦！」

和尚舉槍瞄準了伊昂，伊昂傲然面對：

「你開槍吧。」

「伊昂，不要那樣，這傢伙是真的抓狂了！」

凱米可厲聲阻止。

「凱米可，和尚喜歡妳，喜歡得不得了。妳就原諒他吧。」

和尚朝地上啐了一口唾沫，接著把槍口頂在孩子的頭上。

「要我斃了這小鬼嗎，凱米可？」

「和尚！那是你的孩子啊！」

和尚露出冷笑說：

「妳剛才不是說這是妳一個人生的、一個人養的孩子嗎？」

「你這人爛透了！」

凱米可撲向和尚。和尚輕而易舉地把她推開，凱米可跌倒，後腦重重地撞在冰箱上。

「不要動粗！」

和尚把槍口轉向伊昂。

「我要開槍了。還有子彈。」

「太好了。」

伊昂悄聲呢喃。大佐的聲音在耳邊復甦。

新南部的子彈有五發，其中一發給我，剩下還有四發，你可以幫自己留一發。只要待在這裡，或許遲早都需要。

和尚把手中的孩子在身旁放下。孩子跑向昏厥的凱米可，但和尚沒有阻止。他雙手舉著槍，瞄準了伊昂。

「開槍吧，和尚。」伊昂站在槍口正前方。「像處刑時那樣開槍。這次不是射腿，射我的胸口。」

和尚瞬間猶豫了。伊昂吼道：

「不要猶豫，和尚！你這個沒種的！」

鐵尖叫起來，但伊昂繼續說下去：

「和尚，真的沒關係。不用管那麼多，開槍吧。我會為我做的事負起責任。我想阻止這場災難。」

「逞什麼英雄？你認真的？」

伊昂看出和尚眼中的憎恨火焰燃燒得更加熾烈了。

「真的。來吧，快開槍。射這裡。」

伊昂又往前一步，拍了拍胸脯。結果胸袋裡的東西發出了沙沙聲。最上的信。啊！我還沒有讀最上的信。若說有什麼遺憾，就是這封信了。此時「砰」的一道爆裂聲響起，強烈的風壓席捲而來。伊昂被衝擊彈飛，腰部結結實實地撞在冰冷的水泥地上。鐵的慘叫在耳中徘徊良久，好不容易再會，又要道別了，對不起——伊昂想著。然後他失去了意識。

4

醒來時，伊昂一個人躺著。一開始他以為這裡是傳聞中的未成年監獄，但從話聲和藥味判斷應該是醫院。人的說話聲忽遠忽近。伊昂想看看自己怎麼了，但喉嚨和雙手都被什麼東西綁著，動彈不得。

他想起幾年前得到嚴重的流感，最上照護他的事。可是比起引發高燒的流感，現在更難受許多。意識一片朦朧，也感覺不出時間的經過。偶爾醒來，就聽到有人在耳邊呢喃或哭泣。

他從四周動靜察覺出鐵一直在身邊。想說些什麼，喉嚨卻插著異物，完全無法出聲，也無法挪動身體。

「伊昂，我不該對你說那種話，對不起，你快點好起來。」

在枕畔低喃、哭個不停的是凱米可。一隻小手摸摸伊昂的手然後握住。是幻的手嗎？不知為何，只有左手的指尖有知覺。

「醫生說你可能聽得見，所以我跟你說話。如果你覺得吵，對不起唷。和尚朝你開槍之後，想要自殺。可是鐵搶下他的槍，沒讓他得逞。鐵也受了點傷，但他沒事，他很好，你放心。和尚去足立那邊的闇人國了。」

凱米可哭了一陣，沒多久好像帶著幻回去了。病房安靜下來。

伊昂心想如果眼睛看得到就好了，可是不知為何，一切都沉重無比，使不上力。眼皮睜不開，呼吸也不順暢。就像獨自一個人被關在真正的黑暗中，可怕極了。救命，誰來把我救出這裡。

「伊昂，我在這邊，不用怕唷。你是我唯一的兄弟，我會保護你。」

鐵的聲音就在近處。啊，太好了，鐵會保護我。伊昂放下心來，在真正的黑暗中入睡了。

過了多久呢？再次醒來時，伊昂聽到幾個人說話的聲音。好像是鐵和凱米可。

「伊昂，你醒著嗎？置物櫃店的阿姨來看你了。」

凱米可後方傳來置物櫃老太婆沙啞的聲音：

「伊昂，不許你比我早死。槍的事，我早就原諒你了，你不用放在心上。還有我老公的事也無所謂了。那大概是他希望的結局。他一定很感謝你成全了他。」

沒多久，車輪吱咯聲響起，老太婆回去了。枕邊的低語持續一陣子後也隨之遠去了。

就在這個時候，伊昂發現自己似乎陷入所謂植物人的嚴重狀態。他聽到醫生在跟凱米可說話。醫生說伊昂的神經麻痺，除非發生奇蹟，否則別說是呼吸，連站立或走路都不可能。

伊昂彷彿事不關己地聽著。想到一生可能都得這樣，他也覺得恐怖，但鐵總是陪伴在他身邊，讓他覺得可靠。而且一直有各式各樣的人來看他。

有一天，伊昂夢見自己被關在地道裡。一個人處在漆黑狹窄的地道中。他怕得想大叫，聲音卻發不出來，讓他更加恐懼。此時有人叫他的名字：

「伊昂？」

有人用溫暖的手包裹住他唯一有感覺的左手。

「伊昂，好久不見。我一直在找你，總算見到你了。」

是最上的聲音。最上，伊昂以為自己表現出歡喜的模樣，但事實上沒有任何變化。伊昂拚命地動手指。

「你剛才動手指了？」

啊啊，最上感覺得出來。伊昂覺得很開心，再一次動手指。那真的是極其細微的意志表達，但最上似乎感應到了。

「太好了。你還活著，我好高興。能見到你真是太好了。」

（我也好想見你。）

伊昂動動手指。可是他連再看最上一眼都辦不到。淚水湧出，但也只是在心中而已。無法傳達自己的感情好難受。但最上似乎了解一切，他溫柔地把伊昂的手指包裹在掌心，對鐵說：

「鐵，你輕摸伊昂的左手看看。伊昂聽得見我們說話。」

鐵又大又軟的手戰戰兢兢地摸了伊昂的手指。伊昂微微動手，鐵便驚叫：

「真的！伊昂聽得見我們說話！」

鐵只會重複他信賴的人說的話，他一眼就認同最上了吧。伊昂鬆了一口氣。

「是啊。如果有什麼想說的，摸著伊昂的左手手指說就行了。伊昂會給我們信號說他聽到了。」

「摸著說就行了吧？」鐵發自心底高興地說。

「伊昂，聽說你帶著我寫給你的信，最後信還染滿了血。或許你還沒有讀，我現在告訴你內容。我寫了些什麼給你，我大概都記得。我又把它重寫一次了，現在唸給你聽，聽著唷。」

最上靜靜地說。伊昂放下心來，用手指示意。

（我好想讀。）

最上慢慢地讀信。

給伊昂：

我非常擔心你。上次是我不對。相簿的事，我完全不在意，卻責怪了你。你懷疑我偷你的置物櫃裡的東西，我一時火冒三丈了。我有時候就是這麼急性子，我會反省。更重要的是，傷了你的心讓我坐立難安，請你原諒我。

你不會原諒撒謊、欺騙、利用別人的人。你曾經很生氣地對我說金城利用小孩子，所以我很擔心，擔心萬一你知道了我的真面目，可能再也不會原諒我。雖然我沒有騙人、沒有利用別人，但也沒有向任何人坦白真話。

我會那樣氣憤，也是因為我慌了，擔心你可能發現我真正的目的。我年紀比你大，真的很不像話，可是我就坦白告訴你吧。

我在研究所研究家庭社會學，也加入「街童扶助會」這個NGO組織，我強烈地想要幫助身陷困境的孩子。但也不能否認，我懷著街童對我的研究應該會有幫助的心態在行動。

我的研究主題是「依戀」。以前我對你說過，你還記得嗎？我說，「伊昂對別人沒什麼依戀」。你非常敏銳，聽到這句話吃了一驚，我也慌了手腳。我覺得很慚愧，自己怎麼會說出那樣無禮的話呢？

我沒有高人一等的意思，但處在研究的場域，與視為觀護對象的人接觸，或許讓我變得傲慢。我反省了。真的。

伊昂，我把我的研究主題說得更詳細一點吧。我的研究主題是「對『照葉之家』中依戀的考察」。

你記得「照葉之家」嗎，伊昂？「照葉之家」是你們長大的機構。「照葉之家」進行全世界前所未見的實驗，讓複數的親子及陌生人一起生活，徹底執行共同保育，觀察在這樣的環境中成長的兒童將會變得如何。

「照葉之家」有近三十名的大人與孩子一同生活。因為必須把自己的孩子和別人的孩子一視同仁地養育，所以禁止父母告訴自己的孩子誰是親生父母。也就是說，將父母對孩子的親情、孩子知道生父母的權利，以及應該從父母身上獲得的親情全部剝奪，作為共同體來養育，就是這樣的實驗。

這是一場使用活生生的孩子，粗暴而殘忍的實驗。伊昂，你一定會感到憤怒，這些大人怎麼能自私到這種地步？我也這麼覺得。

可是，我並不是為「照葉之家」辯護，但他們並非出於邪惡的念頭才設計這場實驗。主持「照葉之家」的是某個前衛的婦女團體，他們長年進行消除母親自私意識的實驗，嚴肅地摸索全新的親子關係。

對孩子的愛人各不同，他們認為只要稀釋分散到全體，就能減少孩子之間受到的親情差別待遇。會不會太複雜？以我為例子好了。

我們家是四人家庭，父親是上班族，母親是老師，妹妹小我兩歲，是非常普通的家庭，我理所當然地沐浴在父母的愛中成長。

說這是「非常普通」、「理所當然」，本身就是一種歧視——這樣的想法就是「照葉」的理念。你懂嗎？也就是徹底的平等。沒錯，我不清楚你知不知道，不過這個理念與住在地下的「闇人」集團相近。

確實是太過於理想主義了。但我認為這也不是錯誤的想法。若是講什麼「普通」、「理所當然」，就會傷害並非如此的人，也可能造成歧視。所以就某方面來說，「照葉之家」和闇人的想法是正確的。

「照葉之家」高聲主張應該撤除兒童之間的歧視溫床。然後他們找來產下孩子的母親與父親，以及不是父母親，但是想和孩子一起生活的人，展開了共同生活。這或許類似以前美國流行的群居組織。每個人都是父母，每個人都是孩子，互助共生。

大人們遵循理念，在「照葉之家」裡面產下孩子，或是把孩子帶來「照葉之家」。孩子由「照葉之家」的幹部們機械式地命名，為的是禁絕父母對孩子付出特別的感情。

之前你曾說過，你們的名字是「隨便取的」。孩子之間一定談論過這件事吧。

「照葉之家」的孩子們，據說實際上有十個人。但根據我追蹤調查到下落的，只有半數的五個人。也就是你和鐵，還有塞勒涅、磷、凱米可這五個人。鋼、金、鋁、米涅拉、鉀，這幾個孩子行蹤不明。

你聽到凱米可，一定會覺得意外吧。其實凱米可的母親是在凱米可還是幼兒時，帶著凱米可逃離「照葉之家」的人之一。凱米可的母親似乎飽受批評，說她只想疼愛凱米可一個人，耽於利己的愛。

我聽到凱米可稱霸媽咪們的消息時，就一直猜想她是不是「照葉之家」的凱米可。可是凱米可本身並不知道這件事。你和凱米可其實是「姊弟」唷。

和你一起待過兒保中心的塞勒涅在你消失以後，回應我在網路上的尋人啟事，並和我見了面。她現在人在韓國。聽說她和我一樣，從事幫助街童的工作。她現在正在把「照葉之家」的回憶寫成一本書。

你還記得磷嗎？比你小兩歲的「妹妹」。磷現在在高知的兒保中心。她過得很好，可是好像不太記得你的事。

據說每個「照葉之家」的母親都不認自己的親生孩子。裡面也有許多主張家庭制度解體的前衛女性主義者和同性戀者。他們幾乎約在八年前的強制搜查中四散各地了。其中應該也包括你真正的父母，但沒有人談論任何事，實情仍然不明朗。如果知道你還活著，或許你的父母會來找你。

你知道「照葉之家」為什麼會被強制搜查嗎？

其實是因為虐待兒童的嫌疑。但是否真的有虐待情事，令人質疑。因為他們的理念非常傑出，充滿了對於遭到家庭制度排擠、拋棄的人們的大愛。他們想要讓所有的人免除出生時的無謂歧視，讓每個人獲得自由。伊昂，你的父母是很棒的人。

可是「照葉之家」是不是仍然犯了錯？因為那裡剝奪了孩子對父母的依戀、父母對孩子的依戀。在「照葉之家」長大的孩子，與被父母養大的孩子之間，是不是有什麼絕對性的不同？

這就是我的假說、我的研究課題。可是伊昂，或許我才是錯的。遇到了你，我才了解自己的錯誤。

我會遇到你完全是巧合。我和公園村的遊民談話時，聽到了你的名字。我當時就猜想你可能是「照葉之家」裡的「伊昂」。可是我會對你好，不是因為你是我的研究對象，而是因為你是個魅力十足且聰慧的孩子。我想與你交好，把你當成自己的弟弟一樣疼愛，你在我心中是個特別的人。

可是我還太年輕，太不成熟。我一再踐踏你的心，沒辦法對你好。有時候我也會因為你不肯聽我的話而生氣。可是那場代代木公園的爭吵後，聽說你下落不明，我真的震驚極了。我認為你會選擇苦難的道路，都是被我逼的。

遇到你之後，我深刻了解到我的假說全是紙上談兵。「照葉之家」的孩子並沒有缺少依戀。他們尋求愛的熱情，反倒比任何人都還深。你們「兄弟姊妹」之間的關係深厚，也比任何人都要溫柔。

確實，大人的養育態度會影響孩子。可是孩子還會更進一步成長。我長期以來一直沒有發現這件事。

伊昂，我要重新來過，回去大學，重新學習。我還會來看你，請你繼續把我當成朋友吧。

讀完信後，最上深深地嘆息，然後說了：

「就是這樣的內容，伊昂。你能明白嗎？還有，我希望你原諒我。」

（我明白，最上。）

最上輕輕握住伊昂的手指。然後對鐵說：

「鐵，虧你和伊昂能夠重逢呢。」

「嗯，是伊昂來找我的。所以我們才能再會。」

「凱米可誇你對伊昂照顧得盡心盡力。」

「凱米可誇我？」鐵高興地重複說。

鐵，你可能忘了，教我們怎麼分辨大人的就是你呀！伊昂在心中對鐵說。好心的大人、壞心的大人、不好不壞的大人。我們孩子一定是在玩遊戲。好心的大人是真正的父母；壞心的大人是甚至懶得假裝父母的冷漠大人；不好不壞的大人是當下看心情隨便選邊站的大人。鐵，現在我總算了解了。伊昂微笑。好心的大人，是在生病時對我好的女人嗎？像水森那樣的女人。

「啊，伊昂笑了。」

鐵似乎看了他一下，但馬上又沮喪似地沉下聲說：

「錯覺嗎？」

「鐵，耐心慢慢等待吧。伊昂總有一天會再醒來的。」

「嗯，總有一天會再醒來。」

「再見，伊昂，我還會再來。你一定累了，好好休息吧。」

最上輕輕摸了摸伊昂的左手手指後回去了。

「他真是個好人，我喜歡那個人。」

鐵在伊昂耳邊低喃。然後突然想起什麼似地摸伊昂的手指。

「也回答我呀，伊昂。」

（最上是真正好心的大人。）

伊昂不知道時間是怎麼過的。他不是每天都醒著。有時候醒來，發現時間一點一滴地過去。

最上來過病房。

「伊昂，我研究所畢業了。從今以後，我打算正式加入街扶會。你還記得嗎？就是『街童扶助會』。鐵也會來幫忙。」

（恭喜。）

伊昂祝福最上。可是手指的力量似乎愈來愈弱了，無法傳達的情況開始增多。

凱米可也曾在枕邊哭著呢喃。

「伊昂，我要向你報告一件悲傷的事。置物櫃店的阿姨死掉了，她最後說可以比你先走一步，讓她鬆了一口氣。很豪邁對吧？她還說這下子總算可以去找丈夫了，真高興。你不覺得她的一生令人敬佩嗎？還有，你的住院費是阿姨幫你出的唷。雖然阿姨人很可怕，可是她是個好人。」

凱米可說完後，責罵一起跟來的幻說：

「幻，向伊昂打招呼。」

幻握住伊昂的左手手指時，伊昂被那股強勁的力道嚇到了。那已經不是兩歲幼兒的手指了。自己究竟昏迷了多少日子？伊昂覺得自己彷彿變成一棵樹，人類不斷地成長老去，聚集到自己的身邊，報告各自的種種。

即使如此，鐵還是每天過來，幫忙照顧伊昂的大小事。可是不知不覺間，鐵來病房的時間變成只有晚上。鐵是靠什麼維生？伊昂擔心得不得了。可是有一天鐵這麼說了：

「伊昂，十字屋的阿姨把店給了你跟我唷。」

阿姨，謝謝妳。伊昂奪槍那天的事宛如昨日，他歷歷在目地記著。他忘不了腳踹開椅子時的觸感。伊昂覺得自己的身體再也無法動彈，就是報應。

好像又過了一段日子。凱米可和最上一起過來，兩個人一起握住伊昂的手。

「伊昂，我跟凱米可要結婚了，請你祝福我們。」

「伊昂，我們會照顧鐵一輩子，你不用擔心。那孩子工作很認真，不要緊的。」

（恭喜，恭喜。）

伊昂用手指示意。原本是「兄弟姊妹」之一的凱米可居然要跟最上結婚了，再也沒有比這更棒的消息了。伊昂好想看看兩人。他在腦中想像，高個子的最上抱起身穿白色婚紗可愛的凱米可，多麼美好的一對啊。伊昂好高興，如果能夠盡情地笑，不知該有多麼快樂。

日子又過去了。有一天，鐵衝進病房裡來。

「伊昂，今天我碰到一件好棒的事！」

伊昂讓已經即將失去力氣的左手擱在鐵的手上，聽著鐵興奮的聲音。

「我剛才走上道玄坂的時候，看到一個男人在唱歌，他在唱伊昂的歌呢。歌是這麼唱的。我站著聽，把它記起來了。」

Ion，好心的大人叫我的名字。
Ion，Ion，Ion。
是爸爸，是媽媽，
在叫我的名字。
好想見上一回，
我好心的大人們。
終有一日我一定會去見你們，等我。

「我對他說，啊，這是伊昂的歌，那個人眼睛好像看不到，可是很高興地說他認識我。他就是以前伊昂跟我說的叫錫的人。我正好帶著彈片，就給他了，他嚇一跳呢。」

太好了。原來錫出了未監，現在在澀谷。鐵的朋友錫下落不明，這是伊昂最牽掛不下的事，現在他由衷放心了。

這天晚上，伊昂突然醒了。他聽到開門的聲音，感覺房間突然亮了起來。我感覺得到光？伊昂試著輕輕睜眼。眼睛睜開了。

朝陽般美麗的光線中站著一個女人，她表情慈祥地微笑著，向伊昂伸出手來。

「媽？」

人工呼吸器不知何時從伊昂的喉嚨消失。他好久沒有出聲了。好高興，可以說話了。站在後面的男人是爸爸嗎？伊昂想要看清楚兩人的臉，撐起身體。身體也變輕，可以在床上坐起來了。多麼幸福啊，伊昂向初次見到的父母展露微笑。

參考文獻

●花崎みさを《家族を創る──アジアの子たちの里親として》草の根出版会　二〇〇四年
●米本和広《新装版　洗脳の楽園──ヤマギシ会という悲劇》情報センター出版局　二〇〇七年
●米本和広《カルトの子──心を盗まれた家族》文春文庫　二〇〇四年
●権徹写真　横浜大輔取材《歌舞伎町のこころちゃん》講談社　二〇〇八年
●武弘道《ふたごの話、五つ子の秘密》講談社　一九九八年
●林洋一監修《やさしくわかる発達心理学》ナツメ社　二〇〇五年
●ビビアン・プライア／ダーニヤ・グレイサー《愛着と愛着障害──理論と証拠にもとづいた理解・臨床・介入のためのガイドブック》加藤和生監訳　北大路書房　二〇〇八年
●ビヴァリー・ジェームズ編著《心的外傷を受けた子どもの治療──愛着を巡って》三輪田明美／高畠克子／加藤節子訳　誠信書房　二〇〇三年
●藤岡孝志《愛着臨床と子ども虐待》ミネルヴァ書房　二〇〇八年

●数井みゆき／遠藤利彦編著《アタッチメント――障害にわたる絆》ミネルヴァ書房　二〇〇五年
●数井みゆき／遠藤利彦編著《アタッチメントと臨床領域》ミネルヴァ書房　二〇〇七年
●山下富美代編著　井上隆二／井田政則／高橋一公／山村豊《図解雑学　発達心理学》ナツメ社　二〇〇二年
●《現代のエスプリ　遺伝と環境》第二〇七号　至文堂　一九八四年
　内村祐之〈双子の研究〉
●《そだちの科学》第七号　日本評論社　二〇〇六年
久保田まり〈愛着研究はどのように進んできたか〉
青木紀久代〈家族のなかでの愛着ときずな〉
数井ゆき〈アタッチメントの世代間伝達〉
藤岡孝志〈虐待と愛着障害――修復的愛着療法〉
●《そだちの科学》第一〇号　日本評論社　二〇〇八年
小林隆児〈児童精神科医と子育て論――発達障碍臨床からみた育児論の構築に向けて〉
●《発達》一一七号　ミネルヴァ書房　二〇〇九年

●西尾和美《ヘルスワーク協会西尾和美講演会記録7　愛着関係の形成と感情コントロール》ＩＦＦ出版部ヘルスワーク協会　二〇〇四年
●西尾和美《ヘルスワーク協会西尾和美講演会記録8　トラウマと愛着関係》ＩＦＦ出版部ヘルスワーク協会　二〇〇八年
●林庭俊《帝都東京・隠された地下網の秘密》新潮文庫　二〇〇六年
●小林源文《ＯＭＥＧＡ７》ソフトバンククリエイティブ　二〇〇二年
●《パーフェクト・メモワール　サバゲの塊》リイド社　二〇〇四年
●《サバゲチャレンジャー》ホビージャパン　二〇〇八年

國家圖書館出版品預行編目資料

好心的大人／桐野夏生著；王華懋譯. --
初版. -- 臺北市：麥田出版：家庭傳媒城
邦分公司發行, 2015.03
面； 公分. --（日本暢銷小說；76）
ISBN 978-986-344-193-9（平裝）

861.57 103026611

城邦讀書花園
www.cite.com.tw

ISBN 978-986-344-193-9
Printed in Taiwan.
本書若有缺頁、破損、裝訂錯誤，請寄回更換。

日本暢銷小說 76

好心的大人

作者｜桐野夏生
譯者｜王華懋
封面設計｜馮議徹
Illustration © スカイエマ
責任編輯｜謝濱安

副總編輯｜巫維珍
副總經理｜陳瀅如
編輯總監｜劉麗真
總經理｜陳逸瑛
發行人｜凃玉雲
出版｜麥田出版
10483台北市民生東路二段141號5樓
電話：(02) 2500-7696
傳真：(02) 2500-1967
部落格：http://ryefield.pixnet.net
發行｜英屬蓋曼群島商家庭傳媒股份有限公司
城邦分公司
地址：10483台北市民生東路二段141號11樓
網址：http://www.cite.com.tw
客服專線：(02) 2500-7718｜2500-7719
24小時傳真專線：(02) 2500-1990｜2500-1991
服務時間：週一至週五09:30-12:00｜13:30-17:00
劃撥帳號：19863813 戶名：書虫股份有限公司
讀者服務信箱：service@readingclub.com.tw
香港發行所｜城邦（香港）出版集團有限公司
地址：香港灣仔駱克道193號東超商業中心1樓
電話：+852-2508-6231
傳真：+852-2578-9337
電郵：hkcite@biznetvigator.com
馬新發行所｜城邦（馬新）出版集團 Cite (M) Sdn Bhd
地址：41, Jalan Radin Anum, Bandar Baru Sri
Petaling, 57000 Kuala Lumpur, Malaysia.
電話：(603) 90578822
傳真：(603) 90576622
電郵：cite@cite.com.my

印刷｜中原造像股份有限公司
初版一刷｜2015年3月
定價｜340元